Rainer Kretzschmar  Holbein und der weiße Flamingo

AF191673

Rainer Kretzschmar

# Holbein und der weiße Flamingo
## Satyrische Memoiren

Romanroman

Copyright 2025  Rainer Kretzschmar

ISBN: 978-3-8192-7685-9
Verlag: BoD · Books on Demand GmbH, Überseering 33,
22297 Hamburg, bod@bod.de
Druck: Libri Plureos GmbH, Friedensallee 273,
22763 Hamburg

Titelfoto: Miles Astray

**ÜBER DEN AUTOR** …wurde bereits alles in seinen
Büchern gesagt.
Rainer Kretzschmar, Diplom-Soziologe und Pferdewirtschaftsmeister in Bad Saulgau, Oberschwaben. Seine
Krimis – satirisch ironisch. Seine Science-Fiktion am
wissenschaftlichen Fortschritt orientiert. Ohne Tote, gegen das monotone Klischee: Leiche – Mordkommission –
Spurensicherung – „hatten Sie Feinde?". Stattdessen Ex-
plosionen des Unerwarteten. Belegt durch aktuellste Ver-
öffentlichungen. Immer am Pulsschlag unserer Hightech-
Welt. Mit seinem groß- und einzigartigen Profiler Holbein und dessen waghalsig abenteuerlichen Einsätzen.

## ÜBER DIESES BUCH

LeserInnen verlangen des Autors Lebenslauf. Eine komprimierte Autobiographie in Romanform. Extrakt aus all seinen Schriften.

Er erbittet Hilfestellung von ChatGPT. Für diese Mammutaufgabe. Um nicht in Selbstbeweihräucherung auszuarten. Daraus entsteht ein kritischer Dialog. Zwischen KI und natürlicher Holbeinintelligenz.

Betreutes Aufwachsen nach dramatischer Kaiserschnittgeburt. Unter ständig MeToo-freier Erotikfrüherziehung. Ausschlaggebend für seine späteren literarischen Liebesgeschöpfe. Deren Jüngste besucht er jetzt. Rückschauend zur Überprüfung seiner Erinnerungsredlichkeit. Mit lebensgefährlichen Abenteuern und Spätfolgen.

Frustriert erschafft er seine NEUE WELT. Liebäugelt mit einem weißen Flamingo. Statt mit Schwan wie Zeus. Um die berühmte Leda rumzukriegen. Die Holbein aber Libida nennt. Als Konglomerat aus seinen Frauenextrakten. Die versucht er zu toppen. Der Satiriker mutiert zum Satyr. Stößt auf den sogenannten „Reitertod". Wünschenswertes Autorenende, wenn jederzeit abrufbar. Daran arbeitet Holbein jetzt zielgerichtet.

Bis zum absoluten Höhepunkt.

Die Sonnne schien, da sie keine Wahl hatte, auf nichts Neues".                                    Samuel Beckett, Murphy

„Im Alter bereut man vor allem die Sünden, die man nicht begangen hat."                                    William Somerset Maugham

„Es ist nicht immer Wollust auf den ersten Blick …" Folke Lindenblatt: Die Kompromisslosen. Roman. Bisher unveröffentlicht.

Dies ist ein Romanroman.
Aus der Handlung entspringende Aktionen und Akteure zwingen den Autor zu dem ausdrücklichen Hinweis, dass es sich in seiner Darstellung um reine Fiktion handelt. Ähnlichkeiten zu diesen oder anderen lebenden Personen oder Ereignissen wären demnach rein zufällig.

PROLOG

Der Autor im Gespräch.
Mit ChatGPT:

*Dir immer die Stange gehalten. Schon sehr früh. In meinen Romanen. Bevor jemand an dich glaubte. Keiner kannte KI. Holbein als Vorreiter Künstlicher Intelligenz. Verlacht als utopischer Spinner. Jetzt braucht er deine Hilfe.*

**Ja. Hast was gut bei mir. Helfe gern. Schieß los!**

*LeserInnen verlangen mein letztes Werk. Eine komprimierte Autobiographie. Extrakt aus Holbeins Schriften. Sein ganzes Leben in Romanform.*

**Na und?**

*Anfang bei Adam und Eva. Im Paradies. Aber ich weiß nicht wie. Bitte zeichne mir ein Paradies.*

**Paradies: die ursprüngliche Heimat des Menschen. Der Garten Eden.          (1.Mose 2:7-15). Die Bibel beschreibt diesen Garten. Als realen Ort. Darin die ersten beiden Menschen. Ohne Krankheit und Tod          (1.Mose 1:27, 28)**

Eva aus Adams Rippenknochen. Erste gegenderte Frau: Man wird sie Männin nennen. Weil sie vom Manne genommen ist    (1.Mose 2: 23)

*Aber Gott irrte. Sein Apfelbissverbot umsonst. Der enttäuschte Allschöpfer legt nach. Bestraft seine zwei Protagonisten. Damit sich selbst. Allwissenheit entpuppt sich als Utopie. Wie auch sein Vertrauen. Kontrolle besser. Schmeißt die Nackten raus. Spendiert ihnen Klamotten. Nicht besonders konsequent. Doch dann sein größter Fauxpas: Erfindet die Sexualität. Und die Pflicht zur Vermehrung.*

Na bitte! Du kannst es doch. Hättest mich gar nicht gebraucht. Jetzt Übergang. Zum Schöpferkollegen Holbein. Zurück zu seinen Anfängen. Back to the roots...

*Will es versuchen. Aber bleib in meiner Nähe!*

# TEIL I

1.


Dilemma schon vor der Geburt.

Darf nichts selbst entscheiden. Ob durch den Muttermund. Oder per Skalpell.

Beginn der fremdverschuldeten Unmündigkeit.

Kann kein Kant was dafür.

Hauptsache geboren.

Geworfen? Geschlüpft?

Geschnitten. Caesarenhaft, sectio caesarea. Kaiserschnitt.

Dem Gynäkologen entglittcn. Unfall oder ...

Am wogenden Busen der gebückten Hebamme gelandet.

Zukunftsprägend. Die goldenen Hände[1] der Amme vor dem Fall. Karbolduftend. Behütend.

Das zeigt die Bedrohung meines Lebens. Schon vor dem ersten Atemzug. Der auch noch durch körperlichen Missbrauch erzwungen. Im aufmunternden Streicheln und Klopfen meines ungeschützten Mini-Allerwertesten. Bis zum Urschrei. (Heute wegen #MeToo nicht mehrerlaubt.)

---

[1] IFK@Zoom <u>Sabrina Grohsebner</u>: **Manos áureas. Die Hände der Hebamme als Schlüssel zu menschlicher Soziabilität im Spanien des Goldenen Zeitalters.** Bereits in der Antike wird das Neugeborene symbolisch durch das Aufheben mit der Hand als menschliches und lebenstüchtiges Wesen anerkannt. Diese erste Art des Körperkontakts, den ein Kind durch die Hände der Hebamme erfährt, ist zugleich sein Eingang in die kulturelle Prägung seiner Gemeinschaft.

Dazu ein möglicherweise drohender Infantizid. Bekannt aus dem Tierreich. Neuer Rudelführer tötet Vorgängers Jungen. Die eigenen Gene first. Bekannt aber auch beim Menschen. Das Töten von Stiefkindern. Durch Schütteln, Erschießen oder Schneiden. Mein Vater natürlich keinesfalls zugegen. Bei Bauchschnitt und blutiger Heraushebung Er leistete sich mehrere Cognacs. Wegen der Vorstellung meiner Menschwerdung. Jeden Verdacht eines Vorgängers entkräftend. Wer hätte infrage kommen können? Als Don Juan de Mamma Doch wohl kaum der Gynie. Allein die Vorstellung, dass Mutter … Bestenfalls mit einem Rilke-Double.

Vorname:? Ja.

*Heiner.* Mutter wollte Reiner, nicht Wiesen-Rainer. Ursprünglich Rainer Maria. Aber zu Rilke-affin. Siehe oben. Traute sich nicht, also Heiner.

Nachname:? Ja.

Wie Vatern, legal geborener *Holbein*. Ohne nachweisbare Gen-Affinität. Zum Jüngeren oder Älteren Maler. Nach überlebter Beinamputation, Prothese. Verdacht auf Holzbeinfraktur. Xýloporose. Holzwurm. Gehöhlt.

An der Mutterbrust. Auffallend durstig. Orale Phase. Sigmund Freud. Für einen solchen nimmersatten Mund. Diagnostik des Internisten: Überbordende Saug-Lust. Nicht therapierbar. Lebenslänglich.

Mutter leergesaugt. Sofort Suche nach überflüssigen Ersatzspenderinnen. Dralle Fremdbrüste glücklicherweise nicht abgestoßen. Vom körpereigenen Immunsystem. Das sollte mir später zugutekommen.

Ersparte jede Art von Schuldgefühlen. Auch bei postpubertär libidinösem Zwang. Partner zu wechseln. Genannt Donjuanismus. Angeblich Störung im männlichen Sexualverhalten. Von mir nie so empfunden. Wie auch beim anwachsenden Alkoholkonsum. Erbmerkmal und frühpubertäre Aberration. Zum steuerbaren Lustgewinn. Gefördert durch die alkoholsüchtige Tagesmutter. Diese Tante Mimi konnte deuten. Gestammeltes frühkindliches „Ma-ma" als „Mag-Marc". *Marc de Bourgogne.* Französisches Universaltherapeutikum. Ihr alkoholgetränkter Zeigefinger im Kindermund. Schien das zu bestätigen. Unaussprechlich für Babylippen. Aber eindeutiges Indiz. Für eine frühreife Frankophilie. (Francophilia praecox.) Die Alki-Tante durfte weiter babysitten. Zusammen mit ihrem Leib- und Busenfreund. Der busselte an ihrem Ebenselbigen. Heinerle fing an zu schreien. Wollte er auch? Babyhafte Eifersucht…? Dann lass ihn doch auch. Nur ein bisschen. Kam es vom liebevoll Buhlenden. Und wenn alles nichts hilft?… Etwa mit dem Mund… wie die Eingeborenenmütter auf Neuguinea. („Nehmen Kinderpenis in den Mund. Wenn sie schreien. Um sie wieder zu beruhigen." K. Sipokoo 2023)
 - Ängstlich? Schadet doch keinem…
Sofort setzte das Schreien aus. Niemand hob damals den Mahne-Finger. So blieb mir diese Oralpräferenz. Das damit verbundene Glücksgefühl. Als Lieblingsberuhigung und weibliche Huldigung. Von sehr klein an. Bis heute.

2.

Schon mit viereinhalb Monaten:
Entwickelt sich lebensprägendes Bewusstsein.
Ungebildete halten das für unmöglich.
Nicht so Forscher des CNRS-Labors. (Für kognitive und
psycholinguistische Wissenschaften. Paris 2013.)
Mir genügte das.
Ließ mir aber nichts anmerken. Wurde früh unbeabsichtigt und unbeaufsichtigt. Regelmäßiger Zeuge sogenannter „Urszenen". Wie sie unsere Vorfahren aufführen. Seit Urzeiten zur Arterhaltung. Die „Umarmung" meiner Eltern. Ging mir mit der Muttermilch ein. „Umarmen" umschrieb Mutter dieses Szenarium. Später immer bei anderen. Und ich akzeptierte es. All dies Wissen im Unterbewussten.
Entgegen vorherrschenden Psychologen-Meinung: Mir schadete dieses Erlebnis keineswegs. Verschaffte mir einen ungeahnten Wissens- und Anwendungsvorteil. Im Existenzkampf des Lebens. „Meinung" ist eben keine Wissenschaft. Die Psych-0-Logie eher auch nicht.
Der liebesbegleitende Tagesmutter-Macker betonte ja: Unbedenklich solche und andere Vorkommnisse.
Dies die unbefangenste Zeit meines Lebens.
Hinderlich nur mein rasant-wachsender Verstand. Bei der Ausübung kindlicher Bedürfnisse. Klug genug, Logik zu misstrauen. Wie man sie mir einrichtete.

Haften blieb lebenslänglich meine Vorliebe. Für professionell heimliches Beobachten. Als überlegen differenzierender Voyeur.

Schadet auch keinem der Protagonisten/Innen. Unter dem Mäntelchen der Verschwiegenheit. Inzwischen auch Datenschutz genannt.

Der treue Leser. Wie erst die hingebungsvolle Leserin. Finden hier Erklärung meiner Erlebnisse. Die phänomenalen Eruptionen meines Unterbewussten. Die ich mit ihm. Und ihr ohne Vorbehalte. In vielen Berichten teilte.

## 3.

Kindergarten/ Kita kamen nicht infrage.

Nur gelegentlich Tante Mimi. Ansonsten erzog Mutter noch selbst.

Wenn auch ein bisschen kleinkriminell. Statt im Sandkasten mit Schäufelchen. Im Wald. Seidelbast ausgraben. Seit 1921 geschützt. Mutter wusste das. Ich nicht. Nur wunderte mich ihr Heimlichkeitsgetue. Konnte schon sprechen. Wenn auch nur „Seifenast". Durfte aber nicht darüber kommunizieren. Nicht einmal mit Tante Mimi.

Dieses frühe Mitwisserschaft (StGB § 138) hätte mir. Ein Jahr Freiheitsstrafe einbringen können. Wäre ich denn strafmündig gewesen. So lernte ich früh. Kleinere Gesetzesübertretungen zu bagatellisieren.

Mit kaum zwei Jahren. Benutzte ich das Wort „Seifenast". Als Codewort. Um mütterliche Vergünstigungen zu erpressen. (StGB § 253).

Mal mit Erfolg. Mal ohne. Bei ohne setzte es Hiebe. Mutter überging meine Strafunmündigkeit skrupellos. Elterliche Prügelstrafe damals üblich. Und nicht verfolgt.

Mein hohlbeiniger Vater ursprünglich Jurist. Promovierte nach vier Semestern. Zum Dr. jur. Blieb schmalspurig sein Leben lang. Konnte Mutter nicht zurückführen. Auf den grünen Tugendpfad. Geschweige denn mein Vorbild sein.

Die folgenden Jahre frühen Kindheit: untraumatisch. Soweit später zu rekonstruieren. Aus dem Unbewussten.

Die Berichte der Erwachsenen unüberprüfbar. Ab dreieinhalb Jahren konkrete Eigen- Erinnerungen. Zusätzlich obligatorische Kinderfotos und Filme. Alte Technik. Handys noch nicht Mode. Klein Heinerle immer fotogen. Fischte schon mit vier. Am schönen Bodensee. Mit sechs dann erste Kontakte. Zum nicht ewig Weiblichen. Überwältigend die gleichaltrige Nachbarstochter Lydia. Vereinnahmte mich sehr schnell. Bestand auf Händchenhalten. Während des ganzen Wegs zur Schule. Und zurück. Gereichte aber bei den Klassenkameraden. Nur zu Spott und Häme. Keineswegs zum tollen Kerl. Zum Glück Begriff „Pantoffelheld" unbekannt. Hätten mir eiskalt „Händchenheld" nachgerufen. Erst später wirkte meine Anziehungskraft. Magisch auf das „Schwache Geschlecht". Führte zu Ruhm und Aufsehen. Mein geübtes Händchen wichtigstes Anmache-Mittel. Unter der Hand zum Hattrick. Propädeutik der späteren Aufwärmartistik.

Aber die Beziehung zu Lydia. Rein platonisch und endete tödlich. Sie starb an Leukämie. Noch im selben Jahr. Unvergessen der kleine weiße Kindersarg. Mahnende Erinnerung an die Vergänglichkeit. Vertrieb den bösen Kameradenspott. Das Leben einer unschuldigen Sechsjährigen. Für die Freiheit eines Präpubertierenden.

Zugleich erstarb mir der Mythos. Von dem gerechten, barmherzigen Gott.

## 4.

Zweite Freundin mit acht.
Gleichaltrige Bettnachbarin im Kindersanatorium. Nächtens auf Freiluftterrasse im Schwarzwald. Der Bronchien wegen. Berührung durch die Stäbe. Altmodische Kinderbetten, geflüsterte Heimlichkeiten. Tags darauf bei Skiwanderung nebeneinander. Eindeutig verliebte Blicke. Unvergesslich. Archetypische Anima-Animus-Gefühle. Eine erahnte Seelenverwandtschaft. *Isolde* früh liebreizend. Wie der Name verheißt. *Tristan* erstmals in tiefer Traurigkeit. Beim vorzeitigen Abschied.
Tröstete mich mit *Françoise* Sagan. Lektüre von „Bonjour Tristesse". In Kontakt mit den Dingen. Die sich im Bett abspielen. Und fing an zu recherchieren. In diesem Alter kein Pappenstiel.
Lernte zunächst Küssen bei Kusinen. Begrenzte Körpererkundung beim weiblichen Hauspersonal. Dazu vom Balkon meines Zimmers. Halsbrecherisch hochklettern. am Dachrinnenfallrohr. Zur Mädchenkammer (altmodisch) im Obergeschoß. Erzog mich selbst zum Abenteurer. Fing an es aufzuschreiben.
Kleinkriminelle Lyrik. Ausflucht vor Poesie. Abenteuerlich ungeheuerliche Weltereignisse. Von mir gesteuert und erlebt. Menschliche Verquickung meiner Sinnenlust. Für einen imaginierten Leser. Meist Dichtung und Wahrheiten gemischt. „Dichten/Trachten des menschlichen Herzens. Böse von Jugend auf". (1.Mose 8,21).

Das hieß es zu überprüfen. Zum Beispiel im Konfirmandenunterricht. Ist es böse? Den Mädchen auf die Bluse starren? Verschieden abzeichnende Konturen zu vergleichen? Das Wesentliche zu erkennen...

Die Bedeutung zu erkennen: *„Er erkannte sie.“*

Die Bibel ist voll von Umschreibungen. Die sogenannte *Umarmung“* meiner Mutter. Dagegen fast Klartext.

Endlich in der Bibel  das Gesuchte. Das Hohelied Salomons. Darüber wurde nie gepredigt. Das Alte Testament keine Pflichtlektüre. Das Buch bietet keine Altersempfehlung. Nur rechtzeitiges Selbststudium führt weiter. Das galt es zu nutzen. Den Gefahren trotzen. Kein Wunder. Da ging es zur Sache.

*„Er küsse mich mit dem Kuss seines Mundes; denn deine Lieb ist lieblicher als Wein.* (Alkohol wohl auch im Spiel!) *Mein Freund ist mir ein Büschel Myrrhen, das zwischen meinen Brüsten hanget... Seine Linke liegt unter meinem Haupte, und seine Rechte herzt mich... Steh auf meine Freundin, und komm, meine Schöne, komm...*

                        (Hohelied 1-4)

Von Mitkonfirmandin verkehrt aufgefasst. Wollte offenbar keine Küsse. Erst recht nicht meine herzende Hand.

Der Bibel traute ich nicht. War genötigt, andere Variationen aufzugreifen. Vorsichtiger die „Liebe“ anzupacken.

5.

Erweckungs-Variationen eines Achtjährigen?
Wie die ersten Kompositionen Mozarts. Mit vier Jahren.
Spielte mit fünf öffentlich Klavier.
Es folgten Holbeins erste Schritte. Ins wahre Leben der
Sinnlichkeit. Möglichst ohne fremde Einmischung.
Heimlichst.
Doktorspiele als bekannte Altersvariation. Lehrbefähigte,
frühreife Cousine. Romanhafte Jagdhütte des Großvaters.
Ohne Fernsehen eigene Initiative erforderlich. Tür und
Läden verschließen. Sehr behutsames Anfassen. Dorn-
röschen und der scheue Prinz.
Die verdammte Dornenhecke. Die verständnislosen Er-
wachsenen mimen Empörung. Erzwingen Zugang. Ende
der Bescherung.
Doch das Erlebnis prägt unvergesslich. Lebenslanger
Wiederholungszwang mit unsittlicherer Steigerungsten-
denz.
Reizvolle Ruchlosigkeit als Daseins-Parole. Ansporn.
Wirklichkeitswahre Aufklärung. Stattdessen die Tabus.
Im Schnabel des Klapperstorchs. Die Verlogenheit der
Pädagogik. *Non scholae, sed vitae discimus.* Den Le-
benssinn suchen Philosophen. Bis auf Descartes. Weiß,
dass er nichts weiß. Cogito ergo sum.
*Coitus ergo sum.*
Schule? *Coire:* Zusammen gehen…verharmlosend. Pein-
liche Umschreibung. Im Gehen doch nicht gut.

Beilager biblisch? Schon bequemer.

Holbeins praktische Erfahrung mit Händchenherzen. Bis dato oberhalb der Gürtellinie. Ein Mädchen im Kleid. Ohne Gürtel. Hang zu Höherem. Aufregend genug. Auch ohne Zusammengehen.

Courbets „L'Origine du Monde". Öl auf Leinwand. Unmöglich für gebildete Kreise. Grund für Holbein, weiter zu kreisen. Totale Nacktheit par excellence. Heute fast undenkbar. Bei gesellschaftskonformer Akzeptanz des Schamhaarrasierens.

Holbeins Bild der Jagdhütte. Ersatzbefriedigung. Großvaters überspringender Jagdinstinkt. Seit Menschengedenken der Arterhaltung dienend.

Weidmännische Prahlbilder. Gewehr mit langem Rohr. Donnernden Schuss abgeben. Strecke machen. Den Tod verherrlichen – heute auch verfraulichen. Suche nach dem kleinen Tod. – „La petite Mort". – Wie Franzosen den Orgasmus umschreiben. Galant.

Doch soweit noch nicht.

Dafür Jugend-Jagdschein. Mit dem Förster auf die Pirsch.

6.


Begabt, frühreif altklug. Einseitig. Eigenwillig.
Schule langweilt. Der Kleine pfeift die Kinderlieder. Statt
sie mitzusingen. Stört. Widmet sich den Mädchen. Mit
anzüglichen Liedern. Mini-MeToo-Bereich. Immerhin...
Klasse übersprungen.
Früher erwachsen werden. Spannend. Denkt er.
Versteck hinter dem Taubenschlag. Produziert erste apo-
kalyptische Prosa. Gegen zeugende Ehepaare. Kinder in
die übelste aller Welten.
Tippt sie auf kleiner Reiseschreibmaschine.
Sport. Trainer gnadenlos. 200 Meter Beinschlag in eis-
kaltem Wasser. Seitdem Thermalbäder bevorzugt. Wenn
überhaupt.
Zu den Pferden. Reiten, reiten, reiten (wie Rilke).
Alter Militärausbilder. Klare Kommandos Widerworte
unmöglich. Präzise Anweisungen. Prompte Ausführung.
Prägend für alle Lebenslagen. Ohne diskutieren.
Nur als auflockernde Satire:
- Kennst du Kant, mein Junge?
- Natürlich. Bildung.
- Seine „Regulativen Ideen"?
- Selbst verständlich, seine Ideenlehre ...
- Deine Hände... eine Idee höher!
Jahre der Schulzeit. Junge aus großbürgerlichem Hause.
Gymnasium ein MUSS. Widerwillig abgedient.

Radtour. Fast täglich. Zwei Stunden, bei Wind und Wetter. Der frühe Don Holbein. Auf dem Weg zu seiner Rosinante. Zur bitter-süßen Reitstunde.

Und zum Ritter literarischer Gestalt. Noch ohne Sancho Panza. Wegen Schildkappenmangel... damals schon.

Geboren aus Not die Tugend: Der frühe Einzelkämpfer. Sein späteres Markenzeichen. Selbst Reitpädagoge.

Noch aber lauern Wein, Weib. Und die Mantel-Degen-Aktivitäten. Als markige Ritterattribute. Unter dem brodelnden Deckblatt gezügelter Poesie. Das Zügeln geschult durch Autorität. Den unerbittlichen Reitlehrer.

Dabei selbst nervös tänzelnd. Wie Pferde in den Startboxen. Vor dem ersten Rennen.

7.


En garde!
Genug der schönen Worte. Helm auf zum Gefecht!
Auch Fechten zur Erziehung. Und Segeln. Tennis nur in
England – Schüleraustausch.
Dann der nach Frankreich. Dort erste Französin. Beginn
einer lebenslangen Frankophilie. Gab dem alkoholge-
tränkten Zeigefinger Recht.
Das Kindermädchen der Gastfamilie. Schon lange kein
Mädchen mehr. Schleppte den Lernbegierigen ins Kino.
Letzte Reihe. Führte sanft seine Hand. Zärtlicher als die
Kusine. Und französischer.
Titel des Films? *Tant qu'il y aura des hommes. (Ver-
dammt in alle Ewigkeit.)*
Verdammter Gastvater und Pädagoge: Verlangt die In-
haltsangabe auf Französisch. Beim Mittagessen. Gefragt
die Schlagfertigkeit des jungen Fechters. Die wenigen
erhaschten Filmsequenzen zusammensetzend. Um seine
erste französische Herrin (sa maîtresse). Die Anwesende
nicht zu kompromittieren. Kavalier der jungen Schule.
Sie dankte es ihm.
Er bringt die Schule zu Ende.
Nach Abitur Studium Generale. Psychologie, Philoso-
phie, Musik (Vorlesung beim damals berühmten Stock-
hausen. Knallte geräuschvoll den Flügeldeckel zu. Neue
Musik!) Schließlich Jura. Und Soziologie mit Diplom.
Zugleich Prüfung als Reitlehrer.

Erstes Engagement auf einem Schloss.

Waldorf Schule. Mit großer Eigenjagd und Reitanlage.

Breitgefächerter Einsatz.

Gemeinschaftskunde 13te Klasse. Reitepochen 9. Klasse.

Eurythmie-Begleitung am Klavier. Abends Ansitz auf den Bock.

Halali! Aufbruch zur Jagd.

## 8.

Damit beginnt das Autorenleben Holbeins.

Sein erster Roman: „Die Mafia der Nobelpreisträger".

Provozierender Titel. Besonders bei der Verlegersuche. Natürlich kennt Holbein das Scheitern. Das Elend mit den Lektoren. Berühmte Kollegen wie E.M. Remarque. „Im Westen nichts Neues". Erhielt 120 Absagen.

Der Mafiaroman wird nie veröffentlicht. Geht nur unter der Hand. An Freunde und gute Bekannte.

Unbeirrt schreibt der Autor weiter. Publiziert nur als Selbstverleger. Bei BoD. Books on Demand. Also Bücher auf Verlangen!

Und besonders Frauen verlangten danach…

Sein besonderes Stilkriterium: Kurzsatzprosa. Gipfel in der Untertreibung: 5 Wörter in einem Satz. Mehr grenzt schon an Übertreibung. Verführt zu überflüssigem Gelaber. Kurz aber gebunden. Softcover Klebebindung.

9.

*Wer wenn ich schrie hörte…?*

Rilkes du wieder nach mir? Es läuft doch gut. Auch ohne ChatGPT als Ghostwriter.

*Schon. Bisher nur Roman-Unbekanntes. Autobiographien ufern leicht aus. Im Selbstbeweihräuchern und Glorifizieren. Das gilt es zu vermeiden. Du dagegen kannst jetzt Objektivieren. Aus allen meinen Schriften. Eine literarische Lebenszusammenfassung. Holbein als solcher. Holbein als Roman.*

Dazu brauche ich alle Manuskripte.

*Auch die nicht veröffentlichten?*

Die erwähnst du oft genug. In deinen Romanen.

*Ich benachrichtige und autorisiere BoD-Verlag.*
*Dann zeig, was du kannst.*
*Notfalls greift der Autor ein …*

# TEIL II

1.


Fürs Vorhaben fast nichts an.
Nur die Handschuhe.
Die Muse Thalia.
Samthandschuhe. Zum Reaktivieren des Autors.
Bemüht sich nach Leibeskräften. Lockt mit Evas Mitteln.
Fürchtet aber keine bibelgöttliche Bestrafung. Sie selbst
ja Göttin. Tochter des Zeus. Gezeugt mit Mnemosyne.
Nicht wie Eva aus Rippenknochen.
Holbein lockt Nacktheit nicht.
Will nicht mehr schreiben.
Schon gar nicht über Eva. Die Männin wie schon ge-
schrieben. Aber alle Literatur lügt.
Vom lieben Gott gelernt. Fand seine Schöpfung „gut so".
Alles Lug und Trug. Aus lauter Liebe Paradies-
Vertreibung. Erstes Flüchtlingsdrama.
Dann die vielen weiteren Updates. Kriege, Seuchen, Sint-
flut. Über allem die widersprüchliche Ironie: Seid frucht-
bar und mehret euch. Klare Aufforderung zum Sex.
Thalia in Holbeins Ohr: *...schreib nur deine Wahrheit!*
- Welche Wahrheit?
Thalia bedient sich der Neuguinea-Mütter-Methode.
- Diese Wahrheit??
Thalia kann nicht antworten. Aber überzeugt…

2.


Es war also die Muse. Und nicht die Nachtigall.

Heute entzauberte sie sich.

Holbein – wie immer – im Internet.

Zitat:

„Die körperlichen Voraussetzungen für sexuelle Erregung hat ein Mädchen schon vor der Geburt, im Mutterleib: Der Erregungsreflex kann schon beim Fötus in der Gebärmutter ausgelöst werden. Mädchen sind also bereits vor der Geburt sexuelle Wesen. Von Geburt an lernen Säuglinge, Empfindungen zu spüren, zu unterscheiden und zu genießen – am ganzen Körper. Sie wippen und schaukeln, sie reiben oder pressen ihren Körper gegen etwas. Durch Muskelspannung und Bewegung kann es passieren, dass der Erregungsreflex ausgelöst wird. Und wenn sich das angenehm anfühlt, kann es sein, dass ein Baby diese Erregung immer wieder sucht. Das hat zwar schon manche Eltern beunruhigt, ist aber völlig normal. Das Baby macht das natürlich völlig unbewusst. (www.lilli.ch 2024)


Mädchen sexuelle Wesen! Unbewusst wusste es auch Holbein. Darüber schreiben durfte er nicht. Nur andeuten. Sexuelle Wesen. Frühreifer als Jungen. Und früher in der Pubertät. Darüber schrieb Nabokov 1955. „Lolita".

Drei Mal verboten. Verführte ihren Autor. Den damals MeToo nicht schützte.

Holbeins erster veröffentlichter Roman: „Entführung aus dem Sattel"[2]. Junge Reiterin zur Ausbildung bei Profi. Mit ihrem genialen Dressurpferd. Verlangt plötzlich eigene, erotische Ausbildung…

Da warfen Leser erste Steine: Pädophilie!

Leserinnen meldeten sich beim Autor.

Der erinnert sich jetzt. An seine damalige Protagonistin. Nach mehr als zwanzig Jahren. Er selbst schließlich auch älter. Wie wohl auch seine Leserinnen.

Ihr Name im Buch: „Lio". Mühsam zusammengeklaubt aus Lolita. Natürlich viel älter als diese.

Überlegt nicht lange. Lio müsste Karriere gemacht haben. Als Musikerin. Instrument? – Natürlich Cello. Hieß es doch im Roman: „Komm wie ein Cello zwischen meine Knie, und lass mich zart in deine Seiten greifen!"

War selbstverständlich ein Zitat. (Erich Kästners Nachtgesang eines Kammervirtuosen.)

Googelt sie. *LIO CELLO QUARTETT.* Das muss sie sein. Schweizer Nummer. Er ruft an. Aus dem Festnetz. Sie hat noch solchen Anschluss.

- Ja, bitte?

- Heiner Holbein. Kann ich bitte Lio sprechen?

- Ist momentan nicht available

- Sind Sie der Anrufbeantworter?

- So etwas wie Alexa-KI.

---

[2] R. Kretzschmar, „Entführung aus dem Sattel" ISBN 3831113610

- Wo ist sie denn?
- Gehören Sie zur Familie?
- Bin gewissermaßen ihr Vater.
- Nach meinen Daten Vater unbekannt.
- Stimmt. War damals noch völlig unbekannt.
Können Sie ruhig googeln.
- Na gut. Sie ist auf Tournee. In Paris.
- Geht es ein bisschen genauer?
- Das weiß nur ihre Agentur. Wollen Sie die Nummer?
- Danke. Sehr freundliche KI.
Holbein lehnt sich genüsslich zurück. Seine Leib- und Magengebärde. Schon lange nicht mehr Paris.
Gönnt sich nur noch wenig. Selbst kaum Kaviar!
Laut Agentur:
Unterirdischer Konzertsaal im Centre Pompidou. Von Pierre Boulez kreiert. 2023 wiedereröffnet. Im Programm sein „Livre pour quator". Für 4 Streicher. Interpretiert vom LIO CELLO QUARTETT.
Paris, Holbeins zweites zu Hause.
Zum Centre Pompidou mit Warnschild:
„VIGIPIRATE".
SECURITE RENFORCEE
RISQUE ATTENTAT.
Das passt ja. Nach dem Moskauer Konzertsaal-Attentat.
Höchste Warnstufe.
Der gefahrerprobte Autor zögert nicht. Zwei Stockwerke runter. Dicke Wände. Zum Teil beweglich. Verändern die Akustik. Gaukeln Schutzbunkeratmosphäre vor. Am Zuschauerbereich keine Kontrolle. Viele freie Plätze.

Holbein erwartet den zweiten Satz. Dann auf leisen Sohlen. Bis in die zweite Reihe.

Sieht sie sofort. Am Cello. Rechts neben den zwei Violinen. Und der Bratsche. Lio kaum verändert. So wie er sie erinnerte.

Sie sieht ihn natürlich auch. Den einen Nachzügler. Aber erkennt sie ihn? Völlig unvorbereitet?

Nach dem eher spärlichen Schlussapplaus. Angedeutete Verbeugung. Ein angedeuteter Wink der Cellistin. Mit dem Heben des Bogens. In seine Richtung.

Also doch!

Er sprintet los. Durch ein endloses Labyrinth. Zu den Solistenzimmern.

Sie schließt gerade den Reißverschluss. An ihrem Cello-Etui. Lehnt es gegen die Wand. Mit einem Satz – natürlich nicht aus dem Quartett –zu Holbein. Und öffnet ihre Arme.

- Mon ancien ravisseur...

Und schließt jetzt die Arme. Um ihren *ehemaligen Entführer*.

## 3.

- Bist du es wirklich? Gibt es das??
- Wunder gibt es immer wieder. Aber nicht vom Himmel. Aus Holbeins Autorallmacht höchstpersönlich inszeniert.
Schnell zur Garderobe. Cello in Verwahrung.
Mit Lio eilig treppauf. Sie gibt die Richtung vor.
- Bringe uns in Sicherheit. Bevor man dich schnappt. Als alten Attentäter…
Meint sie, was sie sagt?
Das wäre ja …
Nur nicht der Fantasie vorgreifen!
- Ein Bootshaus an der Seine. Mein kleines Wunder aus Finanzallmacht. Künstlerinnen Kunststück.
- Kein Wunder! Nichts wie hin …
Taxi. Pont Neuf. Versteckte Holzstufen zum Ufer. Münden in eine stählerne Landungsbrücke.
Davor ein historischer Lastkahn. 30 Meter lang. 5 Meter breit. Erst begehbar durch ausfahrbare Gangway. Die aktiviert von der Fernbedienung. Öffnet die Sicherheitstür am Steuerhaus.
Außen uralt, pfui. Innen modernster Loft Style, hui.
Holbeins immenser Fantasieanspruch übertroffen. Staunt über alle Maßen. Geschmackvoller Luxus partout. Einschließlich offener Kamin mit Eisbärfellen. – Natürlich

Imitate. (Eine Lieblingsfantasie des Autors: *„Eisbärfelle, ideales Gras für Nackte"*)[3]

- Weiß, was du denkst. Habe die Felle übernommen. Aus deinem Windkraft-Roman. Wäre doch schade gewesen. Sie davon schwimmen zu lassen. Besonders von meinem Hausboot.

- Dann sollten wir dem folgen. *„...es sie vom Hocker riss....Ihren schönen Rücken vorbereitete. Schon auf das Nacktsein-Entzücken ..."*

- Aber der Reihe nach. Erst einen Marc de Begrüßung. Dann den Reißverschluss am Kleid. Wie damals. Wenn du dich erinnerst? Trage immer noch nichts drunter...

(„Die Entführung, op. cit.)

Soviel Zeit muss sein. Für die handbreit gefüllten Gläser.

Da muss Holbein zweimal schlucken.

Sirrend-ratschend der Reißverschluss.

Sein Mund bleibt offen. Knisternd fällt der Stoff.

Stoff, von dem Autoren träumen. Wie es bei Simmel heißt.

**VETO!! Deine ChatGPT erhebt Einspruch. Zuviel an Kurzprosa. Bei aller Liebe zur Holbein-Raffung. Kreiere keinen unsensiblen Raffke-Macho. Kurz und bündig. Aber bitte nicht abrupt unvollständig. Damit nicht übergangslos unanständig.**

*HALT! ChatGPT, nicht so schnell. VETO?*

---

[3] R.K. Die Windkraft-Terroristen, ISBN 9783734779664

*Unanständig? Mit Eisbär ins Bootshaus fallen. Nichts als übles Lustmolchgehabe? Weiß ich ja selbst. ‚Festina lente‘, sagt der Römer. ‚Plus doucement‘, der Franzose. Einfühlsamer wird's noch werden…*

Wie du willst. Hast mich vor Ausufern gewarnt. Ausufern auf der Seine. Da lachen deine Leserinnen. Zu langes Vorspiel törnt ab. Das galt auch damals schon. Lautete: Komm jetzt endlich…
Dein Wunsch sei mir Befehl.

4.


Lio kniet vor dem Kamin.

Wie Eva auf einladendem Fell. Legt lasziv Holz nach.

- Die Glut anfachen. Um die Zeit zu überbrücken. Bis du dich gleichberechtigst. Hoffentlich trägst du auch Reißverschlüsse. Und nichts drunter…

Holbein zuckt schuldbewusst zusammen. Seine Ex-Schülerin hat dazugelernt. Sich deutlich weitergebildet.

- Neue Ausbilder gehabt?

- Auch Frauen rosten, wenn nicht …

Der Autor bedauert die Männermode. Enge Jeans mit Reißverschluss ja. Aber erotisch fallen lassen? Eher sich mühsam rauspellen. Ideal unter Mithilfe einer Nackten. Denkt an den Kollegen Hemingway. Der trug nie etwas drunter…

- Dann zieh doch mal!

- Nun schau … Licht im Tunnel … Habe alle deine Romane gelesen. Finde die Protagonisten allzu begattungsgierig. Und besonders alles allzu häufig.

- Das ist doch das Wichtigste. Alles andere nur Zubringerdienste. Sex in der Werbung. Film und Fernsehen. Besonders in der weiblichen Mode: Bei Festspielerinnen fast FKK. Mehr nackte Rücken als Entzücken. MeToo lacht sich kaputt …

- Soll ich mich wieder anziehen?

- Nacktheit wenn's sich gebührt. Zeig lieber, was du dazugelernt. Geliebte Gleichberechtigte …

Das Dazugelernte spottet jeder Beschreibung. Aber Sex verspottet Holbein nicht. Ist ihm heilig.

Intimstes lässt sich kaum beschreiben. Ohne ins Vulgäre abzugleiten. Wie die berühmte Zigarette danach. Heute ja meist verboten. Zumindest verpönt. In geschlossenen Gemächern. Bei offenem Fenster siehe Hemingway. Biologische Details übernehmen Fachbücher.

In freier Natur natürlich nachhaltig. Aber wer schleppt schon Eisbärfelle. Bis zum Lagerfeuer.

- Zufrieden?

- Bloß keine Manöverkritik. Aber ja, absolut …

- Vielleicht einen Marc danach?

- Statt der barbarischen Zigarette? Nicht den Geschmack im Mund vertreiben. Den Nachgeschmack noch länger genießen. Das ist wahre Nachhaltigkeit.

- Du hast tatsächlich Geschmack. Und Kaviar danach?

- Da reicht die Beschaffungszeit. Bis zum Eisschrank und zurück. Wenn meine Kaviargier nicht übertreibt…

- Kann man/frau solche übersteigern? Rhetorischer Fragequatsch…

Sie erhebt sich paradiesisch. Legt hausfraulich Holz nach. Und enteilt, wie's früher hieß.

Holbein sinniert ihr nach. „ kann *Sex Ladys machen…?* "

Lio schnell wieder da. Mit allen Zutaten. Im luxuriösem Kimono. Einen zweiten unter dem Arm.

- Für dich, versteckte Nacktheit reizvoller.

Wirft ihm das Seidene zu.

- Willst du meinen Werdegang kennenlernen? Deiner ja romanbekannt. Wissen, was deiner Großtat folgte?

- Unbedingt. Wird auch meine LeserInnen interessieren.

- Aber nicht auf Cellistinnen schießen! Damals meine Fünfer-WG. Rein männlich, doch nur Musik. Wunderte dich. („Die Entführung", op. cit.) Sollte mir eine Lehre sein. Erhörte erst einen reichen Mäzen. Aus der Musikbranche. Zugleich galanter Lebemann. Von dem auch das Hausboot. Die Apanage darauf zu leben.

Und zwar sehr standesgemäß.

Suchte mir dann drei Streicher. Für mein Traum-Quartett.

Nahm sie mir zur Brust. Einzeln und wie..

Die erste Violine zum Vibrato.

(„Um eine bessere Vorstellung vom **Vibrato** zu bekommen, kannst du Folgendes ausprobieren: Lege deine Hand unter den Brustkorb ein paar Zentimeter über deinen Bauchnabel. Danach singe einen Ton deiner Wahl und drücke wellenartig in deinen Bauch und höre zu, wie deine Stimme vibriert." Wiki.)

Die zweite Violine zum **Tremolo.** – Heißt bei Streichinstrumenten auch Fingertremolo. (Tremolo (italienisch; von tremolare: beben, zittern.)

Bei Blasinstrumenten Flatterzunge. Zum Beispiel dem Saxophon. Diesen Spieler nur zum Spaß. Passte leider nicht ins Quartett.

Der Bratschist dagegen alte Schule. Dunkel-sanfter Strich der Viola. Mit unverkennbar-unterschwelligem Hang zu **Violenz.**

Zuletzt Lio mit dem Violoncello. Auch **Schoßgeige** genannt. Meine leidenschaftliche Präferenz.

Quartett dann wie beim Skat. Grand mit Vieren…

Und sehr viel Autodidaktik. Noch Fragen, großer Ausbilder?

- Überaus anschaulich und musikalisch versiert. Musik macht Freude schöner Götterfunken. Und der beste Sex ist...?

- Abhängig von Dauer und Phrasierung.[4]

- Nie Töne gleichen Ranges? Abwechslung spielt eine große Rolle?

- Wie beim Essen. Nur Kaviar darf öfter sein. Das berühmte Da capo. Alles noch einmal von vorne. Beziehungsweise von ...

- Habe verstanden.

- Da bist du deutlich verklemmter. In deinen Romanen. Nie ein schmutziges Wort. Nur ein einziges Mal „vögeln".[5] Die 14-Jährige aus der Ukraine. Benutzt es ganz locker. Wohl die Jüngste deiner Protagonistinnen. Willst du sie auch retrospektiv besuchen?

- War ja für Holbein tabu. Noli me tangere. Siehe das so betitelte Gemälde: Holbein der Jüngere von 1524.

- Lenk bloß nicht ab. Was nicht war, kann ja ...

---

[4] (Phrasierung bezeichnet die Gestaltung der Töne innerhalb einer musikalischen Phrase hinsichtlich Lautstärke, Rhythmik, Artikulation und Pausensetzung. Wie beim Heben und Senken der Stimme, Kürzen und Dehnen von Silben in der Sprache folgen auch in jeglicher Musik nie Töne gleichen Ranges aufeinander. Wikipedia )

[5] R.K. Die Frau aus Kiew. ISBN 978384237459D

5.


*Na ChatGPT?*
*Und die anderen Protagonistinnen dazwischen? Nicht*
*auch einer Reminiszenz würdig?*


Wenn du unbedingt willst. Aber erstmal unterteilen.
1. Nur umarmt. Und 2. Umarmung tatsächlich statt-
gefunden. Erste Gruppe naturgemäß sehr klein. Die
Stattgefundenen wiederholen sich gelegentlich.
Manche mehrmals sogar. Vom Autor selbst retrospektiv eingefädelt. Weil ihm nichts Besseres ein-
fiel? Wiederholen macht anschaulich. Doppelte Pe-
netration, aber bitte nicht dreifache. Doppelte Wiederholung keine Bejahung. Im Raffer-Rückblick
daher ein No-Go. Autor denke an deine Leisten.
Was du dir leisten kannst…


*Sind meine Romane zu sexgesteuert? Testosteron überla-*
*den? Testosteronspiegel bei Männern 7mg. Bei Frauen*
*maximal 0,7. Also zehnmal weniger hoch. Lesen sie des-*
*halb lieber Holbein? Kompensieren sie so ihr Defizit?*
*Sind wohl so auch penisgesteuert? (vulgär „schwanzge-*
*steuert" Wiktionary). Bei Sigmund Freud auch penisnei-*
*disch. In Frauenfantasien tierisch aufgebauscht: „Mach*
*mir den Hengst!"*

*Und wie sie sich dekolletieren. Bei öffentlichen Galas.*
*Das Tal zwischen nackten Brüsten. Wie ein zweites Hin-*
*terteil darbieten. Den Mann lockend, dort einzugreifen.*
*Dekolletees bis zum Nabel. Der Stoff so weit geöffnet. Bis*
*die Seitenteile verrutschen können. Brüste nicht mehr*
*unter Kontrolle. Männerwünsche auf ihr Heraushüpfen*
*hoffen. Was sich gelegentlich sogar erfüllt.*
*Sodom & Gomorra…*

6.


Lio wohl Gedanken lesend.

- Keinen je zum „Hengstmachen" gerufen. Verlasse mich auf Gebärden- und Körpersprache. Manche Typen dabei ohnehin schwerhörig. Bestimmte Gesten wirken immer geschmacksverstärkend. Vieles an Erotik sowieso Geschmacksache. Wie beim Essen – siehe Kaviar. Mein Großvater bevorzugte grobe Leberwurst. Kann ich verstehen...

- Spielt die Größe eine Rolle?

- Bei wahrer Liebe nicht. Sie ist selbst am größten. So der erste Korintherbrief. Währt sie aber wirklich ewig? Seltener als seltene Erden...

- Liebe ohne Sex?

- Wie bei den Erden selten.

- Sex ohne Liebe?

- Überall auf Erden.

- Und bei dir?

- Mal so, mal so. Nehmen, wenn es kommt...

Aber genug des Sex-Smalltalks. Oder besser Sex- Deep Talks. Die 14-Jährige aus der Ukraine? Die dich unbedingt wollte? Von dir mehrmals gnadenlos abgelehnt. Wäre jetzt im richtigen Alter.

- Hat doch Holbein letztlich abgeschworen. Im Folgeroman „Todespiaffe"[6]. Musst du doch gelesen haben.

---

[6] R.K. Todespiaffe ISBN 9783844815948

- Schon. Hast du deinen Leserinnen aufgetischt. Dich der Gesellschaftsmoral beugend. Du dagegen schmeckst immer noch. Die Süße ihrer Kleinmädchenzungenspitze. An deinen krampfhaft zusammengebissenen Zähnen. In geheimsten Gedanken sich öffnend. Zum wirklichen Liebeskuss. Und dann überkommt es dich. Das tiefe Elend verpasster Gelegenheiten. Verfluchst dein gestrigspießerhaftes Widerstehen. Diese sentimentale Enthaltsamkeit des Kleingläubigen. Ist es nicht so?

- Zauber nicht in jedem Anfang. Hier irrt Hesse hässlich.

- Und dein Lehrsatz über Problemtussis? „So herrlich gut im Bett"?

- Zugegeben. Doch es geht auch problemlos. Zeige ungern mit nacktem Finger. Auf dich traumhaft-halbnacktes Beispiel.

- Schon wieder ablenken? Zauber auch im zweiten Anfang? Da schweigt der Sängerinnen Höflichkeit.

- Bloß nicht. Singe dabei, wem Gesang gegeben…

7.

Du fängst schon wieder an. Mit deinen abgenutzten
Sexwiederholungen. Ein Wort ergibt immer Gleiches. Ätzend oberschwelliges Potenzprotzen. Ver-
hindert jedes ungeduldige Neuerwarten. Warum
keine aufgestauten Schlüpfrigkeiten? Lieber den
neuerwachenden Hunger abwarten. Niemand verlangt nach 6 Gänge-Menu. Ohne Lokalwechsel
nochmal dasselbe!

*Und nach nur 3 Gängen? Gebe dir ja recht. Holbein kein
Meister der Beschränkung. Irrealität beim Schreiben.
Davon wird kein Autor satt. Ein Stichwort triggert wieder
Lust. Dir als KI unverständlich. ChatGPT erregt sich ja
nicht. Beim maschinell-neuronalen Transformen. Also:
Holbein tritt kürzer. Und du trittst in Erregungsmodus.
Wirst mal richtig hungrig Umgangssprachlich mal rich-
tig geil!*

Das will gelernt sein. I'll do my very best.

8.

Immer der romanhaften Reihe nach.
- Die Kleine aus der Ukraine. Wo kann sie jetzt sein?
Erwachsen vom Abenteurer Pawlo getrennt? Der aktuell
im teuflischen Putin-Krieg? Verwundet oder gefallen?
- Vielleicht ist sie geflüchtet nach …
Holbein plötzlich im Alarmmodus.
- Hörst du das?
Tapsende Geräusche auf dem Bootsdeck. Wie leise
Schritte.
- Erwartest du Besuch?
- Unmöglich. Habe die ausfahrbare Gangway zurückge-
fahren. Soweit kann keiner springen.
- Ich wüsste schon einen. Irgendein Tier?
- Braunbären gibt's hier nicht …
Kratzgeräusche am Schloss der Bootshaustür.
Holbein springt auf. Schlüpft in seine Klamotten.
Lio folgt verunsichert seinem Beispiel.
- Hast du Waffen an Bord?
- Bestenfalls einen Bootshaken …warte mal. Eine See-
notsignalpistole. In dem Kasten da.
Holbein öffnet ihn schon. Pistole in der Hand. Und
schiebt eine Patrone ein.
- Besser als nichts. Bisher bei mir keine Leichen. Aber
damit kann man schon…

Die Tür wird aufgerissen. Im Rahmen ein vermummter Huthi-Rebell. Kalaschnikow im Anschlag. Irrläufer vom Roten Meer?

Ehe Holbeins Pistole im Anschlag: Ein Freudenschrei!

- Halt, alter Freund und Kampfgenosse! Erkennst du deinen Pawlo nicht??

Kalaschnikow am Boden. Die beiden in altrömischer Umarmung.

Die Hausbootherrin mit offenem Mund. Starr vor Überraschung. Der Autor akzeptiert keine Zufälle. Das weiß sie doch. Aber kaum sprachen sie davon …

- Suche seit Tagen nach dir. Du musst mir helfen. Katharina (die Kleine aus der Ukraine) ist plötzlich verschwunden. Soll nach Deutschland geflüchtet sein. Dachte, wenn ich dich finde. Wo könnte sie sonst sein?

- Und wie hast du mich?

- Altes Spürhundelatein. Konnte noch dein Handy abhören. Schon vor dir in Paris. Errötend auf deinen Spuren. Ließ euch dann eine Lustkarenzzeit. Weiß schließlich, was sich gehört. Aber jetzt spuck's schon aus: Wo ist Katharina?!

9.


Na, zufrieden? Neue Aktionen müssen her. Retrospektive als Roman gefordert. Kannst du folgen?

*Bleibt mir nichts anderes übrig. Neue Handlung mit alten Protagonisten? Auch männlichen?*

Wenn's sein muss. Aber mit mehr Gewaltpotenzial. Vergiss deine eigenen Postulate. Schon ein Anfang die Signalpistole. Damit eröffnen sich doch Leichenmöglichkeiten. Kannst sie mit Empathie abschwächen. Wenn unbedingt nötig.

*Nicht blutig genug die Kriege? Ukraine und Tel Aviv: Doch wohl Leichen satt! Soll da Holbein etwa einsteigen?*

Wie mit der Homöopathie: Ähnliches mit Ähnlichem kurieren. Zum Beispiel ein kleines straffreies Attentat. Da geht jeder Lesende mit. Wenn es perfekt gemacht wird.

*Fuck you dirty KI...*

10.

Lio tischt kleine Bootsfrauenkost auf. Und reichlich
Marc.
Nach der Stärkung mehr Details. Holbein besteht auf
jeder Kleinigkeit.
- Was habt ihr bisher angerichtet? Bevor Katharina ver-
schwunden ist?
- Im ukrainischen Untergrund gegen Russlandkrieg. War
selbst an der Front. Kati kontaktierte die Prigoschin
Töchter. Veronika blond, 18 Jahre. Polina dunkelhaarig,
30 Jahre. Beide erfolgreiche internationale Springreite-
rinnen. Von Papas (Chef der Wagnertruppe) Millionen.
Katharina selbst immer noch Dressurreiterin. Auf der
Suche nach Verbündeten. Im Wagner-Putschversuch
gegen den Kreml. Den Prigoschin nicht überlebte. Ein-
zelne seiner Gefolgsleute kämpften weiter. In dunklen
Kanälen extrem abgeschottet. Verfolgt von skrupellosen
russischen Geheimdienstlern. Auch in deren Visier Ka-
tharina.
Ihr Manöver des letzten Augenblicks. Vor Verhaftung
Folter und Vergiftung. In einer Frauengruppe geschützter
Flüchtlinge…
- Nach Deutschland?
- Anzunehmen. Bin aber nicht sicher. Alles nur vom
Hörensagen. Vielleicht auch in die Schweiz. War ja dort
im Internat. In Deutschland kennt sie nur …
- Bloß nicht. Aber kennt sie meine Adresse?

- War doch beim Biberacher Turnier. Da kennt jeder dein Domizil.

Lio reicht's.

- Nehmt auf mich keine Rücksicht. Wenn sie wirklich Hilfe braucht. Fahrt gleich los. Wenn nötig, komme ich nach. Kenne ja deine Reitanlage, Ex-Ausbilder.

Pawlo springt auf.

- Ihr zwei bleibt vorerst hier. Seid ja gerade mal zusammen. Notfalls euer Kahn ideales Versteck. Suche in und um Holbeinhaus. Abstecher in die Schweiz. Bei Erfolg bringe ich sie. Unter extremer Vorsicht hier her. Natürlich nur nachts. Rufe Holbein auf seinem Spezialhandy. Zwecks Aktivierung der Gangway.

- Good luck, alter Kämpfer!

- Udachi! Lios Russisch fast ohne Akzent.

- Vsegda effektivnyy! (Immer der Tüchtige.)

Abgang Pawlo.

Lio fernbedient die Gangway.

Nur leise Schritte über Kopf.

# TEIL III

1.


Was in dieser Bootshausnacht geschah?

Der Autor weiß es nicht. Oder besser: will's nicht wissen.

Selbstverbot abgenutzter Sexwiederholungen. Und überhaupt: weniger ist mehr.

Dagegen Frühstück durchaus.

- Apropos retrospektive weibliche Gefährtinnen: Die Ewig- und immer- Lebensabschnittspartnerin Janadine Dornier.[7] Die mit den drei Doktortiteln. Könnte die nicht helfen? Oder deren allmächtiger Baron?

- Wobei denn …

- Sie schützen und begleiten. Auf ihren angestrebten Wegen…

Holbein scheint nicht zu verstehen. Oder tut zumindest so.

- ?? …

- Den Tipp deiner ChatGPT vergessen?

- Mehr Leichen?

- Das auch. Aber das kleine Attentat.

- Du meinst doch nicht etwa …?

- Folgst du nicht mehr Wittgenstein: Alle Gedanken, die gedacht werden …

- Schon. Doch Mord in Gedanken krimiuntauglich.

- Abwarten, was Kati überhaupt vorhat. Janadine wäre ohnehin die Nächste. In Holbeins verführerischer Rück-

[7] R.K. „Rückwärtsrichten" ISBN 9783732231461

blickrunde. Hat sie noch viele Hengste? Bei ihr hätte es gepasst. Der Lockruf nach dem „Hengstmachen". Um dich noch leidenschaftlicher anzufeuern.

- Niemals. Als Wissenschaftlerin immer objektiv-realistisch.

- Selbst du hinkst im Hengstvergleich?

- Ganz natürlich, aber keine Lahmheit. Nur Janadine weiß jederzeit glasklar: Autors Leidenschaft weiteranzufeuern bleibt unmöglich. Lodert stets am absoluten Limit!

- Wer sich nicht selbst verherrlicht…

- Meine Geschöpfe verfraulichen mich halt. Das ist wahre Gleichberechtigung.

- Wurde Holbein denn je abgewiesen?

- Katharina doch das allerbeste Beispiel.

- Aber erst nach gemeinen Zurückweisungen. Deiner angeblichen Idiosynkrasie gegen 14-Jährige. Moralinsaure Exklusion von Altersbehinderten.

- Moral bekommt auch dem Tüchtigen. Er kann sie sich leisten. Es lacht der Satire-Autor.

- Zur Sache Großkotzschätzchen. Was treibt unsere Erwachsenwerdende heute um?

- Vielleicht Putschgelüste im Nachgang Prigoschins.

- Spricht doch für Janadines Baron. Hilfe mit seinem futuristischen Unterweltnetzwerk… Anruf Pawlos:

- Sie ist bereits unterwegs. Kann jederzeit bei euch aufkreuzen. Haltet Ohren und Augen auf!

2.

Rotorengeräusch bahnt sich an.
Häufig in Holbeins Romanen. Kündigt selten Gutes an.
Solche Wiederholungen prinzipiell nicht abstoßend.
Im Bootshaus sogar unbedingt erwartet. Wenn auch nicht
nach Sonnenuntergang. Setzt fliegerisches Können vo-
raus. Maximaler Lärmpegel nur sehr begrenzt.
Schon leises Klappern auf Deck. Wie von Stöckelschu-
hen. Auf Teakdecks verpönt. Problemlos auf den alten
Lastkahnplanken. Schnell kein Klappern mehr. Die
Schuhe rücksichtsvoll ausgezogen? Das kann nur Katha-
rina sein. Holbein hoch zur verschlossenen Bootshaustür.
Dreht den Schlüssel. Zieht die Tür nach innen. Und mit
ihr die Großgewordene. Die sich bei ihm abstützt. Um
nicht treppab zu taumeln. Die Stöckelschuhe in einer
Hand. Er packt sie blitzschnell sichernd. Sie hilft ihm
barfuß dabei. Einen Arm um Holbeins Hals.
Für Lio dennoch eine Umarmung. Findet zwar nur ein-
armig statt. Nicht im Sinne mütterlicher Umschreibung.
Aber Holbein hat Katharina erkannt. Sofort an der Tür.
Wenn auch nicht im Bibelsinne. Doch das will eingeord-
net werden. Ohne jede Vorverurteilung. Besonders weil
der Autor weitermacht. Trägt sie auf Händen treppab. Bis
zu einem Sessel. Hilft ihr galant beim Schuhanziehen.
Wenn das mal nötig ist. Das fragt sich Lio todsicher…

**Und deine Leser?**

*Müssen sich halt was denken. Minimaler Sex durch umständliches Agieren. Sex durch die Bootshaushintertür eben. Nicht gleich mit der Treppe. Ins romanhafte Hausboot fallen. Die Leser dürfen sich's ausmalen. Lio wird nicht gefragt.*

Aber Lio fragt Katharina.
- Warum so geschniegelt und gestriegelt? Passt doch nicht zum Untergrund.
- War in der Schweiz undercover. Geht nicht im Tarnanzug. Kohle locker machen für Putschgefährten.
Jetzt mischt sich Holbein ein.
- Und wo ist Pawlo?
- Suchte mich in Zürich. Fand in Schweizer Medien Prigoschin-Sympathisanten. Angst vor IS-Terroranschlägen wie Lugano. Pawlo erwähnte Anschlag auf Konzerthalle. Stadtrand von Moskau 130 Tote. Anmerkte Holbeins unterirdischen Konzertsaal Paris. Dann dort Lios Hausboot. Da wollte ich unbedingt hin. Heli kein Problem für Pawlo. Keine Zeit zum Umziehen.
- Hast du Wodka an Bord? (Holbein gastgeberisch.)
- Bloß kein Aufwand. Trinke auch sehr gerne Marc.

**Marc sollte auch weniger vorkommen.**

*Darf Autor nichtmal mehr Marc? War ja bereits bei Wodka.*

Marc an deinem Schreibtisch schon. Manche Leserin aber schüttelt sich.

*Nicht so Kati, die Kultivierte.*

**3.**

Lio fragt unbeirrt weiter nach.
- Warum unbedingt auf mein Hausboot?
- Glaubte Janadine hier zu finden. Konnte ja nicht ahnen…
Holbein erklärt:
- Lio kommt aus meinem Roman. (Entführung, op. cit.)
Wollte sehen, wie's ihr ergangen.
- Verstehe. Habe alle deine Werke konsumiert. Bis auf
dein letztes. Kam nicht mehr dazu. Deine damalige besonders Auszubildende also. Aber was ist mit Janadine?
Und lebt ihr Baron noch?
Lio triumphiert:
- Na, hab ich's nicht gesagt? Sie sucht Hilfe beim Baron!
Holbein beschwichtigend:
- So jung und so altklug-besserwisserisch. Stammt nicht
von deinem Ausbilder…
- Aber sie hat doch recht. (Manchmal halten Frauen zusammen.) Wohl eher weibliche Intuition. Könnte sie vom
Autor haben.
Der will's jetzt genau wissen:
- Dann schieß mal los!
Damit meint Holbein keine Signalpistole. Sondern Gedankenexplosionen aus Katis Volllippenmund. Dessen
Geschmack von damals abgespeichert. (Nicht gespeichelt!)

Tatsächlich etwas wie ein Schuss. Ein Geschoß wie Wittgensteins Gedankendonnerhall. Literarischer Schuss vor den Hausbootbug. Da wackelt der umgebaute Lastenkahn. Als käme ein Brecher über.

- D e r   u n b e l e h r b a r e   K r i e g s v e r b r e c h e r  m u s s   w e g !

Die Ruhe nach dem Schuss.

Alle ergreifen automatisch ihre Gläser. Diesmal die Inhaltsbezeichnung ohne Bedeutung. Nur die Vol.-%-te zählen. Zum Glück alle bei 50.

Ex! Keiner schüttelt sich. Und die Gedanken werden frei.

- Heißt das weg vom Fenster? Oder weg vom Leben?

- Kommt drauf an.

- Auf was?

- Auf die Realisierbarkeit. Der Zweck heiligt die Mittel: Niccolò di Bernardo dei Machiavelli. (Staatsphilosoph 1469-1527, Florenz).

Die Herangewachsene hat Hausaufgaben gemacht. Nicht mehr die 14-jährige Kleine.

- Spielt Ethik eine Rolle?

- Um Gotteswillen nein. Wo Hundertausende elendig verrecken? Bürger fordern schnell die Todesstrafe. Auge um Auge etc. Teeren und Federn auf See. Hausboote ausgenommen. Verstöße gegen das Völkerrecht. Da lachen die Toten. Die Verstümmelten wundern sich. Selbstmordattentäter werden belohnt. Mit absurd vielen Jungfrauen. Keinerlei MeToo.

- Habt ihr bereits Gleichgesinnte angeheuert?

- Nawalny-Anhänger in den Startlöchern. Wir hoffen auf weitere Drohnenangriffe. Auf den russischen Präsidentenpalst. Dieser vom Team-Nawalny heimlich gefilmt. Dort Suche nach Schwachstellen. In der Cryosauna, die runterkühlt. Auf minus 100 Grad. Den Kriegsverbrecher samt seiner Geliebten. Turnerin und gelenkigste Frau Russlands. Neben Sondersauna eigene Privat-Kapelle. Ein Traum, ihn dort kaltzumachen. Mit tödlichem Sarin-Weihrauch...

Holbein unterbricht mit angeekeltem Kopfschütteln. (Bestimmt nicht vom Marc.)

- Das sind doch alles Hirngespinste. Disneyland für Putschisten-Azubis erstes Lehrjahr. Der Luxushausherr leistet sich Supersicherheiten. Unterstützt von KI und Chat-GPT. Die echte Turnerin wird nackt gescannt. Desinfiziert und der Mithridatisation unterzogen. (Gegen Gifte immunisiert.) Da lacht doch jeder Terrorist ...

**Hab meinen Namen ChatGPT gelesen. Hoffentlich brauchst du keine Hilfe. Oder kokettierst mit besseren Lösungen?** *Du* **lachst über Katharina. Nicht der Terrorist.**

*Autor muss sich realistisch geben. Falsche Hoffnungen nützen doch keinem. Leichtgläubigkeit genau so wenig. Letztendlich der Autor doch haftbar. Für eine überzeugende Lösung. Oder hast du etwa eine?!*

**Dann viel Glück. Mal sehen, wie du's meisterst. Möchte nicht in deiner Haut …**

Den Schützen erwischt der Pfeil. Die Chat hat's ja befürchtet. Erstmal Zeit gewinnen:
 - Ich rufe Janadine an. Wenn die Damen nicht dagegen?
 - Hab ich nicht schon gefragt: *Was ist mit Janadine?* Und dem Baron? Mach schon!

4.


Ob das Spezialhandy noch funktioniert?

Holbein probiert' s an Deck.

- Gut, dass ich dich erreiche. Wo bist du gerade?

- Hallo H. wo brennt's?

- Die Kleine aus K. Sympathisiert mit An …

- Stopp! Nicht mehr am Handy. Sicherheit nicht gewähr-leistet. Bist du in K?

- Nein. P. Pays d'amour.

- Das passt ja perfekt. Zum Essen Reis mit Kaviar. Wie immer.

- Verstanden. Komme in 30 Minuten.

- Vieux empileur profond. (Auf Deutsch: alter Tiefstap-ler.)

Keine Zeit zu verlieren.

Holbein informiert die Hausbootdamen.

- Muss noch schnell weg. Bin aber bald wieder da. Lass mir die Gangway runter. Und nach mir wieder rauf. Tür verschlossen halten. Melde mich rechtzeitig.

Ab durch die Bootshaustür.

Taxi.

- Bitte zur Tiefgarage des Ritz.

(Damit auch alle Verschlüsselung erklärt. Für weniger Flinke: K = Kiew. Tiefstapler = Tiefgarage. Reis = riz auf Französisch. Also Hotel Ritz, Paris.) )

Janadine pünktlich im bordeauxroten Bugatti. Vor der Zufahrt der Tiefgarage.

- Mon vieux Holbein! Steig ein. (Ebenso auf die Minute pünktlich.) Mein Wagen absolut abhörsicher.

Sie aktiviert die Tiefgaragenfernbedienung. Schranke auf. Nach unten mit dem Sportwagen. Die zwei nach oben. Mit dem Lift zur Nobelsuite. Direkt ohne Zwischenhalt.

Dann erst einmal Umarmung. Wortwörtlich. Nichts anderes findet statt. Nach sehr langer Wartezeit.

- Auch hier oben alles sicher. Automatischer Wanzenfinder passt auf. Also worum geht es?

- Die ehemals Kleine aus Kiew. Jetzt volljährig und Nawalny-Sympathisantin. Sucht ultimative Hilfe bei Tyrannenbeseitigung.

- Mehr nicht? Katharina mit Pawlo im Glück. Auch im Boot?

- Schon. Aber nicht auf dem Hausboot. Sie dort mit Lio, die …

- du damals ausgebildet hast. Meine Erinnerung trügt nicht. Zusammengezählt: deine zwei Ex-Babys und du. In einem Hausbootliebesnest?

- Sind längst keine Babys mehr. War zunächst allein mit Lio. Überraschungsbesuch von Katharina auf Suche.

- Nach dir natürlich. Kann frau doch gut verstehen.

- Nicht wie du denkst. Hat mir längst entsagt.

- Hab ich das nicht auch? Gelegentlich, doch dann und wann …

- Bitterer Ernst. Sie ist wirklich in Gefahr. Wie Prigoschin und alle anderen. Zudem glaubt sie sich sakrosankt.

- Armes Dummchen.

- Keineswegs. Wollte sie sonst zu dir? Und dem Super-imperium deines Barons. Seinem Superhirn, wenn's noch funktioniert.

- Er geht am Stock. Aber nicht so seine Einsteindenke. Wo liegt das ominöse Hausboot?

- Nähe Pont Neuf. Ein Katzensprung mit deinem Flitzer. Heißt: du willst mit ins Boot?

- Wenn du mich so lotst. Was bleibt mir übrig. Siehe oben: dann und wann….

- Vorher noch einen kleinen Imbiss?

- Plenus venter non studet libenter. Außerdem, wenn du Kaviar meinst. Willst du's nach der Dose. Immer noch das Betthupferl.

- Schade. Keine kleine Eile mit Weile.

- Bist doch sicher weitgehend ausgelastet. (Ausgelustet = ursprünglich angedacht gegen Rechtschreibprüfung.)

Auf gleichem Weg nach unten. Im Bugatti aus der Tief-garage. Janadine kennt den Weg.

Sie liebt die Pariser Brücken. Besonders die wunderbare Pont Neuf. Die „Neue", obwohl die Älteste. Aber noch im Original erhalten. Vielleicht gerade deswegen.

5.


Nur noch wenige Bugatti-Längen.

Janadine rechts ran. Holbein mit seinem Taschenfern-
rohr. Lässt die Scheibe runter. Um besser sehen zu können. Doch keine Sicht auf's Hausboot.

Er reibt sich die Augen. Ohne jeden Erfolg.

- Zum Teufel! Das Boot ist weg.

- Vielleicht sind wir nicht am …

- Bin doch nicht debil. Kenne den Platz par coeur: Aus-
wendig und mit dem Herzen. Jeder Irrtum ausgeschlossen. Bleib du vorerst im Wagen. Ich klettere mal runter.


Der Autor inspiziert die Lage. Unter äußerster Vorsicht.
Bis zur ehemals ausfahrbaren Gangway. Nichts mehr,
alles sorgfältig abmontiert. Nur leere Dübellöcher im
Zement.

Ratloses Kopfschütteln. Dann stutzt der alte Krimischreiber. Kein Blut am Tatort. Nur eine winzige Kerbe. Im
Zement. Mit einem eingeritzten kleinen „P".

Sonst überhaupt nichts Auffälliges. Keinerlei Festma-
cherleinen an den Steg-Pollern.

Die Seine fließt ruhig dahin. Als könnte sie nichts anderes. Bestimmt kein Hausbootwässerchen trüben.

Zurück zum Bugatti. Janadine wartet sehr ungeduldig.

- Und?!

- Das Boot hat abgelegt. Ist nicht gesunken. Keine einzige Ratte gesehen. Beim Verlassen des verschwundenen

Schiffes. Wohl von erfahrenem Lotsen gesteuert. Name dem Autor bekannt…

- Geht's ein bisschen genauer?

- Wir fahren zurück zum Ritz. Sitzen hier auf dem Präsentierteller. Zu gefährlich für beide Seiten.

Im Hotel dann.

Holbein gibt den Strategen Clausewitz. (Krieg ist Fortsetzung der Politik. Mit anderen Mitteln.)

- Lagebesprechung und Strategieberatung. Bei einem opulenten französischen Arbeitsessen. Mit allen Schikanen. Wenn du dann und wann …

- Hör bloß auf mit Locken. Statt Hausboot seelenruhig ein Hotelbett? Während deine Babys in Gefahr? Verzeihen dir deine Leserinnen nie!

- Sagte doch Lage- und Strategiebesprechung. Die Lage des Hausbootes peilen. Wart's ab.

Hantiert an seinem Smartphone.

- Hoffentlich ist Pawlos Handy eingeschaltet. Vermutet, dass ich ihn suche. Um ihn zu orten. Hat doch seine Initiale hinterlassen.

- Wie das?

- Ein „P" im Zement. Gib mir ein paar Minuten. Nein nicht nötig: habe ihn schon. Hier …

Zeigt ihr triumphierend den Handybildschirm. Und den wandernden roten Pfeil. Hausboot auf der Seine flussabwärts. Nähe Pont de la Concorde.

- Na, ist Holbein nicht gut?

- Nicht gut – hervorragend gut!

- Fängst du etwa jetzt an? Erst weiter verfolgen und planen. Aber einen großen Marc vielleicht …
Janadine eilt zu ihrer XL-Damentasche.
- Zu Befehl, großer Stratege. Gut, dass ich ihn bunkerte. Nichtmal im Ritz in Minibar. Außerdem dort viel zu kalt. Bloß die Gläser gehen.
Holt zwei und die Flasche. Vieux Marc de Bourgogne. Was sonst. Soll die ChatGPT ruhig meckern. (Janadine wird kurz eingeweiht.) Sie schmunzelt nur.
- Hervorragend deine Sex-Reduktion. Die hat was!
- Ja, die hat was: was du nicht hast. Das fragen sonst immer Frauen. Wenn sie Fremdgänger nicht verstehen. Verstehst du?
- Und ob. Eben dann und wann. Übertreiben macht nicht immer anschaulich. Sieh dich doch an!
- Genug der schnöden Worte. Wollen wir wenigstens Händchenhalten. Das funktioniert mit einer Hand. Die andere für's Smartphone. Da schau! Habe ich mir doch gedacht. Port de Champs-Élysèes. Hafen ideal für Hausboote. Der Junge kennt sich aus. Da liegen viele Hausboote. So fällt Lios nicht auf.
- Prima Abendprogramm, nix wie los.
- Doucement. Immer mit der Ruhe. Vorm Erfolg schwitzen die Götter. Planung ist die sicherste Devise. Wenn wir zu früh kommen …
- Immer grober Fehler…
- …bringen wir alle in Gefahr.
- Also erst denken und dann?

- „Darüber schlafen" sagt der Volksmund. Zumindest ein bisschen Dann-und-Wann.

- Ich hol mal den Kaviar. (Die Wissenschaftlerin erklärt laut: Phosphor und Kalium. Omega-3 und mehrfach ungesättigte Fettsäuren. Sehr proteinreich. Enthält eine Vielzahl an Aminosäuren. Regt Geist und Körper an.)

- Mens sana in corpore sano. Sagt Juvenal, römischer Satirendichter. Nennt als erstes gesunden Geist. Den brauchen wir jetzt zweifellos. Und denken und denken. Wie Rilke in seinem Karussell: „Und dann und wann …

- … ein weißer Elefant.

- Machst du mir den dann?

6.

Geht's noch?
Kaviar und Elephantiasis – Rilkes Hintertürchen!
Meinst du, das geht durch?

*Finde ja. Gelungene ChatGPT-Überleitung. Das warst doch du selbst. Autor wäre kaum draufgekommen!*
*Er hat Janadine doch aufgeklärt. Die seine Reduktion eindeutig akzeptiert. Also nicht päpstlicher als KI.*

Blöde Ausrede wegen fehlenden Strategieplans. Gib' s zu. Komm nicht nachher schmählich angekrochen.

*Und du willst federführend triumphieren. Bin für jede Anregung dankbar. Aber Hauptautor bleibe ich jedenfalls.*

Lass doch Janadine mal machen. Überqualifiziert als nur Catering-Kaltmamsell. Küchenhilfe für Kaviar und Marc. Da geht doch wohl mehr.

*Die Leserschaft muss abwarten lernen. Denkt so vorauseilend wie du. Holbeinromane dagegen wie Rom: nicht an einem Tag gebaut. Nachhaltig Stein auf Stein gesetzt.*

Mauerst du jetzt etwa schon?
Janadine Schaustellerin mit Lizenz fürs Elefantenkarussell. Und ewig sexbesessen. Deine Sicht von
einer Wissenschaftlerin. Spottet jeder Realität. Darauf solltest du selbst kommen…

7.

Ehe der neue Morgen graut.
Das Elefantenkarussell hat ausgedreht.
Holbein will allein zum Hafen. Katharina im Dunklen
rausholen. Janadine soll derweil vorarbeiten. Beim Baron
entsprechend anklopfen.
Vorsichtshalber kein Taxi. Zu Fuß nach draußen. Durch
die Lieferantentür des Ritz.
Bis zur Seine. Taxi-App G7. Dauert nur 5 Minuten.
Fahrtziel Place de la Concorde. Die paar Minuten zum
Hafen. Zutritt für Unbefugte verboten. Natürlich nicht für
Notfälle. Den hält Holbein für gegeben.
Das Hausboot in zweiter Reihe. Nur über das erste er-
reichbar. Zieht die Schuhe aus. Barfuß über das erste
Deck. So üblich. Um nicht zu stören. Dann auf Lios
Boot. Mit Schuhen bis zum Bootshaus.
Knockin' on Heaven's Door. 3 x kurz. Pause. „Holbein is
knocking".
Pawlo schließt gleich auf.
 - Na endlich, dachte schon …
 - Vater der Porzellankiste. Safety first.
 - Kaffee oder Tee?
Lio und Kati wissen es.
 - First Flush Darjeeling. Comme toujours.
Holbein leicht ungeduldig.
 - Warum den Kahn umgeparkt?!

- Terrorwarnung durch Schweizer NDB-Kumpel. Geplanter Anschlag auf Lios Hausboot. Unter Angabe der genauen Koordinaten. (48°51'26"N 2°20'29"E). Für übermorgen. Im Schutze des Musikfestivals. Fête de la Musique. Um die Putschistin Katharina zu neutralisieren. Mit Frau und Maus versenken.

Hielt sofortige Intervention für angebracht. Alternativ die beiden Schönen retten? Schade um das schwimmende Schmuckstück. Keine Zeit, deinen Rat abzufragen.

- Chapeau, jeune homme! Wäre auch Holbeins Idee gewesen. Aber jetzt muss Kati weg. Verfrachten sie ins Rettungsboot. Janadine erwartet uns an Land. Bringt sie später zum Baron. Hoffentlich funktioniert der Außenborder.

- Der tut's. War heute schon damit unterwegs.

- Umso besser. Fehlt nur noch eine Burka. Als Verkleidung für Kati.

- Kein Problem, das geht schnell.

Lio schnappt sich einen Vorhang. Abtrennung zum Schlafbereich.

Die Zeit drängt. Im Schutz der schwächelnden Dämmerung. Beginn der mutmaßlichen Rettungsübung. Unauffälliges Abstoßen mit dem Paddel. Starten des Motors erst flussmittig.

Pawlo für Rückabwicklung zuständig. Hausboot zurück an alten Liegeplatz. Hissen der gelben Flagge: „Schiff unter Quarantäne"!

Lio hat ohnehin einen Konzerttermin. Wohnt dann im Ritz. (Holbeins Idee.)

Pawlo will zurück zur Schweiz. Nach Erledigung des heiklen Tauschgeschäfts. Schiffsbäumchen wechsle dich. Jederzeit abrufbar bei seinen Kontakten.

Nur minimaler Seegang. Der Wind macht kaum Wellen. Auch noch kein störender Schiffsverkehr.

Holbein am Außenborder tröstet Katharina.

Mit aufbauenden Worten. Und nur mit einer Hand. Logisch.

Steuert das verabredete Lichtzeichen an.

Janadine wartet am Ufer. Oben der flotte Bugatti. Allerdings nur für zwei Personen. Kofferraum nur für ein Köfferchen. Zum Glück Kati ohne Gepäck.

Holbein wird sich wieder begnügen. Mit Lasten-Taxi. Das Rettungsboot ohne Luft zusammengefaltet. Und der sperrige Außenborder. Kann nicht einfach zurückgelassen werden.

Nur kurze Zeit für Abschiedsumarmungen. Im Dreierpack mit Wiedersehensversprechen. Und sicheren Kommunikationsmöglichkeiten.

Gute Reise! Bon voyage!

8.

Kurz und bündig. Machst nicht mehr viele Worte. Solange die Verständlichkeit nicht beeinträchtigt. Wird detailversessene Leserinnen vielleicht verstören.

*Eben auch Reduktion in Beschreibung. Nicht jeden Furz olfaktorisch auflisten. Kein weitschweifendes Literaturgefasel. Nada.*
*Wie ursprünglich versprochen: Holbein pur. Und nur als solcher. Vermeiden von langatmigen Alltäglichkeiten. Verführt zum Überschlagen mancher Seite. Und zu ungeduldigem Vorauseilen. Den Autor überheblich überholen wollen. Großkotzig sich überhöhen mit Abwegigem.*
*Doch last not least: Lösungen finden bleibt Holbeins Privileg.*

Aber immer nur als Alleindenker?

*Hat doch seine Gefährtinnen dabei. Auch wenn er nicht umarmt. (In Mutters Sinne.) Diese plötzliche Enthaltsamkeit mag missfallen. Bereits angeregte Leserinnen enttäuschen.*

Bleibt schon noch genug. Autor lässt Holbein nicht verkommen. Aber seine Lösungspotenz schwächelt gelegentlich.

*Lösung diesmal wirklich kein Pappenstiel. Oder weißt du bereits…?*

Wenn ich meine KI losschicke…

*Die lebt nur von Humaneingaben. Kann bestenfalls Utopien ausbrüten.*

Und du mein Freund Brutus?

*Damals war's deutlich einfacher. Ave Cäsar!*

9.

Holbein wieder zurück im Ritz.

Lio spielt Quartett.

Nicht mit Karten. Mit einem Violoncello.

Holbein tief in Gedanken.

Lio konzertiert mit ihrem *CELLO QUARTETT.* Will aber auch ins Ritz. Am späteren Abend.

Holbein reserviert ihr ein Appartement.

Praktischerweise gleich nebenan. Das von Janadine wäre pietätlos. Falls Holbein den Elefant machte. Aber machte er ihn überhaupt? Oder verhallte die Frage unerhört? (Die Tücken des lückenhaft Beschriebenen.)

Nächste Frage: würde Lio denn nach allem?

Und Holbein nach Janadine? Deren Suite er jetzt bewohnt.

Nur wer vorverurteilt, weiß Bescheid.

Redlichere warten den Morgen ab. Um die Nacht zu loben.

Der Autor allein kundig. Schuf Holbein nach seinem Bilde. Allzeit allem Angenehmen zugeneigt.

Der überbrückt die Zeit nachdenklich.

Eingedenk der ChatGPT, die rügte.

Schwächelt tatsächlich seine Lösungspotenz? Lässt er nach als Stratege?

Niemals.

Aber er ist kein Schwabe.

Und er hudelt nicht.

Setzt Stein auf Stein.

Unter steter Kontrolle der Wasserwage.

Jongliert mit allen möglichen Ideen.

Eine davon mutiert zur Favoritin.

Verharrt aber in der Waagschale. Bis zur Vernetzung mit
Janadine. Und dem System des Barons.

Warte, warte nur ein Weilchen …

# TEIL IV

1.


Der Weg zum Baron bekannt.
Oft beschrieben in vielen Romanen. Sein futuristisches Unterweltnetzwerk unvorstellbar. Selbst für ChatGPT nicht nachvollziehbar. Allen KI-Nutzungen weit voraus. Er kreierte perfekte humanoide Roboter. Nicht als solche zu erkennen. Sogar im Liebesspiel voll funktionsfähig. Und besonders von unermüdlicher Potenz. KI-Lover eben dauernd unter Strom! Körperlich und erst recht mental. Akkukapazität praktisch unbegrenzt. Der Abstellmechanismus nur Eingeweihten zugänglich. Und nur im intimsten Intimbereich…

**Jetzt reicht's aber! Überschwäbische Lobhudelei der Sonderklasse. Soll die Leserschaft wohl weichspülen. Um Utopisches radikal auszuwaschen. Auf der Wäscheleine der Realität. Damit Lösungen plausibel abtropfen können. In unkontrollierbare Leichtgläubigkeit.**

*Der Baron Bescheidenheit in Person. Da darf der Autor nachhelfen. Als Voraussetzung für jedes Verständnis. Geheimdienste allerorten kollaborieren mit IHM. Legionäre aller Couleur seine Mitarbeiter. Das darf doch beschrieben sein.*

*Die einmalige Effizienz seiner Eminenz. Des weltoffenen Repräsentanten großartiger Menschlichkeit. Eines modernen digital-genialen Humanisten.*

**Dein Wort in ChatGPT' s Ohr.**

## 2.

Janadine im Bugatti zum Flugplatz.
Wo und wann bleiben geheim.
Dort startbereit ihr Privatjet. Keinerlei Personenkontrolle für den Burka-Gast. Janadine fliegt natürlich selbst.
(Dem Lesepublikum bekannt.)
In 45 Minuten zum Baronama. Dem Hightech Cyberland des Barons. (Ebenso bekannt.)
Landung im unterirdischen Terminal.
Wo bleibt geheim.
Automatischer Sesseltransfer ins Allerheiligste. Den Säulentempel seiner Baronalen Hoheit.
Die graue Eminenz schwebt ein. Im futuristischen Marmortreppenlift. Erhebt sich zur Begrüßung. Dank einer sophistisch-ausgeklügelten Aufstehhilfe.
 - Bleibt sitzen, seid mir willkommen!
Lässt sich wieder mechanisch-majestätisch nieder.
 - Euer Anliegen mir prinzipiell bekannt. Aber meine liebe Katharina: warum in deinem hübschen Köpfchen? Daran sind größere Köpfe gescheitert. *Regizid* ist ein schönes Wort. *Königsmord* aber ein schmutziges Geschäft.
 - Doch wenn er weg muss?! Selbst US-Senator Grahm fordert es: „Jemand muss ihn ausschalten…" (22.02.24)
 - Mag sein, nur er nicht. Da hängt der Haken.
 - Moralische Bedenken?

- Wo denkst du hin … mein schönes Kind. (Für den Baron kein MeToo.) Bedenken nur wegen Machbarkeit. Wollen zunächst Janadine hören. Denn sie leitet mein Imperium. Mein Alter verlangt weise Zurückhaltung.

Janadine auf ihn zu. Küsst ihm ehrerbietig beide Hände.
- Deine Weisheit übertrifft mich tausendfach. Ebenso die von meinem Holbein. Wir drei haben zusammen gekämpft. Auf allen Welt Schauplätzen. Um die Menschheit zu schützen. Vor Terroristen und gefährlichen Verschwörungsfanatikern. Aber Regizid blieb außen vor. Aus Gründen einer redlichen Verhältnismäßigkeit. Die Ausrottung a l l e r Tyrannen wäre folgerichtig. Utopisch vielleicht wünschbar. Aber das Weltchaos heraufbeschwörend. Endlose Horden Unregierbarer aufeinander loszulassen. Mit anderen Worten: Ein Königsmord erfordert totales Abwägen...
Ungläubiges Staunen in Katharinas Gesicht. Gefolgt von angedeutetem Kopfschütteln.
- Dann wägen wir doch bitte! Wenn kein anderer Ausweg denkbar…
Janadine nickt und blickt. Zum Baron, der nickt zurück.
- Zeig ihr unsere systemrelevante Cyberburg.
Beide Sessel entschweben dem Säulentempel.

3.


Holbein alledem außen vor?
Keineswegs.
Hört mit durch Janadines Smartphone. Nach Anfrage von
ihr eingeschaltet.
Kennt Baronama-Cyberland wie seine Westentasche.
Fühlt sich mental vor Ort.
Wartet immer noch auf Lio.


**Geschickte Überleitung zum Dabeisein. Höchste
Zeit, den Profiler einzubeziehen. Der muss doch
aktiv werden. Hatte dich gewarnt. Janadine allein
reicht doch nicht.**


*Komplexität erfordert Mehrgleisigkeit. Dem folgen ver-
schiedenste Schauplätze. Die Weichen bedient aber Holbein. Autor als Steuermann im Romanstellwerk. Er klinkt
sich wieder ein. Wenn auch auf anderer Seite.*

4.


Sehr spät kommt endlich Lio.

Holbein bittet sie zu sich. Sie akzeptiert trotz später Stunde. Sie war noch unterwegs. Nach ihrem Konzertieren mit Quartett. Muss unbedingt berichten.

Abstecher mit Musikkollegen zur *VivaTech*. Jährliches Treffen der technologischen Innovation. Messegelände Porte de Versailles. Nur 6,5km vom Ritz. Dort sprach heute Elon Musk. Über implantierten Gehirn-Computerchip. Momentan reichster Mann der Welt. Elektroautohersteller Tesla und Raumfahrtunternehmer SpaceX.

- Der Musikkollege kennt seine Frau. Kanadische Musikerin, Produzentin und Videoregisseurin. Claire Elise Boucher. Die wollte er unbedingt wiedersehen. Kennt natürlich auch Musk.

Dachte sofort an den Baron. Der ihm sehr ähnlich scheint. Vielleicht könnte man ...

- War eben auf gleicher Spur. Zwei solche Cybersysteme fusionieren. Um Katharina zu unterstützen...

- Der Baron implantierte auch Chips. Immer seiner Zeit voraus. Damals Musk noch unbeschriebenes Blatt.

- Janadine in diesem Sinne kontaktieren. Längst beim Baron angekommen.

- Kann auch den Kollegen fragen. Müsste Verbindung mit Musk ermöglichen.

- Lass mal stecken. Sonst wird er noch eifersüchtig. Wegen seiner schönen Sängerin. Lieber den Baron einschalten.
Die graue Eminenz wird's richten.

5.


Katharina entkommt dem Staunen nicht.
Manche Romanbeschreibung Holbeins nur überflogen.
Seinen letzten überhaupt nicht gelesen.
Überall KI-basierte Systeme. Robotik vom Feinsten. Futuristische Chipimplantate. Da hinkt sogar ChatGPT hinterher. Und muss selbst staunen.
- Warum nicht einen KI-Avatar befragen. Bestimmt auf neustem Stand. Zur besten Methode für Regizid.
- Kannst du ruhig versuchen, aber …
- Jeden Versuch wert.
Sie fragt einen der Schöngeistigsten.
- Wie beseitigt frau einen Tyrannen?
Der Robo braucht nicht lange.
- Die Geschichte strotzt vor Attentaten. Vom alten Rom bis Sarajewo. Viele verpuffen erfolglos. Wie 20. Juli auf Hitler. Heute verdammt schwierig geworden. Wegen lückenloser Sicherheitsüberwachung und Schutzmaßnahmen.
- Aber sie gelingen doch. Premier Slowakei zumindest fast tot. Hubschrauberabsturz mit Irans Staatspräsident Raisi. Ganz tot.
- Beispiel: Tötung Osama bin Ladens. Wurde sogar live übertragen. Ausgespäht durch ferngesteuerte Robo-Motten. Solche Kleinstspäher vom Baron entwickelt. Schon Jahre zuvor. Bei der Live-Schalte dabei: Obama, Vize-Präsident Biden, Hilary Clinton. Entsetzte Gesichter

während der Tötung. Na bitte, damals möglich. Aber es war kein Königsmord. Eben nur Neutralisierung eines Terroristen.

- Immerhin. Das finden alle Bürger richtig. Befürwortet öffentlich jedes feige Schneiderlein.

Sogar fast alle Politiker, aber …

Janadine schaltet sich ein.

- Ein Politiker hackt keinen anderen. Oder nur hinter vorgehaltenen Hand. Aus Angst vor Hahnemann. (Nicht Haarmanns Hackebeilchen - sondern Homöopathie). Ähnliches mit Ähnlichem kurieren/neutralisieren.

- Vielleicht vergiftete Globuli?

- Nein, dagegen schützen die Vorkoster. Alle Majestäten leisten sich Speisentester.

Der sprachgewandte Avatar mit Kopfschütteln. Von menschlicher Ablehnung ununterscheidbar.

Katharina bedankt sich sehr höflich. Als habe er wirklich geholfen.

Janadine führt sie weiter. In den Bereich innovativer Luftfahrttechnik. Zur Barons eigener Überüberschall-Concorde. Zu ferngesteuerten Lufttaxis. Bis zu gedankenfolgenden Drohnen. Ersten Spaceshuttle-Modellen.

- Vorreiter von Elon Musk?

- Danach fragen wir den Baron …


*Gedankenübertragung wird doch erlaubt sein?*


**Doppeltgemoppelt weist sehr weit voraus. ChatGPT hinkt hinterher? Wohl besser als voraussprinten.**

Noch immer keinen konkreten Plan. KI könnte da besser helfen.

*Möglichkeiten genug erörtert. Aber ohne reale Erfolgsaussichten. KI zu schön, fürs Wahrsein. Realisierbare Planspiele verlangen eigenes Kapitel.*
*Fortsetzung folgt.*

6.


Zurück im Allerheiligsten.
Der Baron lässt bitten. Zu einem Arbeitsessen. Zum Thema Regizid: „Champagner-Kaviar-Storming".
- Habe da mal was vorbereitet. Besser mein KI Assessment Center. (Auswahl-Zentrum). Bereits unternommene Regizid-Versuche. Auf zwei sich bekriegende Staatsoberhäupter.
Auf den einen zwölf Attentate. Vereitelt durch Geheimdienst Hinweise. Und bombensichere Bunker. Entlassung von infiltrierten Bodyguards.
Auf den anderen sechs Kamikaze-Drohnenangriffe. Im letzten Augenblick abgewehrt. Wechsele ständig den Ort. Sieben Verstecke und Bunker überall. Auto oder Privatflugzeug mit Störsendern. Die unterhalb des Radars fliegen….
Der Baron unterbricht sich selbst. Mit der alten Frage:
- Was will ich damit sagen?
Und er beantwortet sie umgehend.
- Untaugliche Versuche an tauglichen Subjekten. Wem dafür die Schuld zuweisen? Dem Festhalten an *überlebten* Attentatsklischees. Die üblen Subjekte nutzen Angriffspressing. (Begriff aus dem Fußball: den gegnerischen Ballbesitz vorzeitig attackieren.) Sie *überleben* dank ausgeklügelter Vorverteidigung. Sie sind die Igel. Immer den Hasen voraus…
Alarm!

Die elektronische Sirene mit Vibrationseffekt. Und Flatterlicht im Säulentempelseparee.

Automatisch fallen Hightech-Schutzschirme von oben. Bilden augenblicklich ein strahlungssicheres Titan-Zelt. Um den Baron und Gäste. Mehr Schutz wirklich nicht vorstellbar. In der ohnehin stahlbetonarmierten Festung. 100 Meter unter Schweren Erden.

Der Baron ohne jegliche Emotion. Räuspert sich wie entschuldigend. Klopft an sein Glas:

- Kein Grund zur Panik. Wollte nur demonstrieren wie's geht. Einem traditionellen Attentat zu begegnen. Wir starten solche Tests regelmäßig...

Plötzlich:

Spukende wie von Geisterhand.

- Solche Techniken nutzen alle Attentatswürdigen.

Janadine kennt seine kleinen „Scherze".

In diesem Augenblick Holbeins Stimme. Von Janadines aktiviertem Smartphone. Hat darüber alles mitgehört.

- Hallo Ihr Lieben. Hätte im Zusammenhang eine Idee. Bin mit Lio unterwegs. Dürfen wir Euch besuchen?

Der Baron nickt, offensichtlich hocherfreut. Antwortet laut in Janadines Richtung:

- Du darfst, begnadeter Profiler. Ihr könnt kommen, jederzeit. Du kennst den versenkbaren Parkplatz. Wird aktiviert.

- Danke Baron, wir freuen uns...

7.


Holbein kennt natürlich den Parkplatz.
Unvergessliches Ereignis beim Komplettversinken.
Lio erinnert sich auch. Aber nicht mehr den Roman.
Deshalb diesmal keine hinweisende Fußnote.
Der Autor fußt nur kurz. Für Holbein-Lese-Novizen:
Hinter dem Versinkenden sofortige Rekultivierung. Als
wäre nie was geschehen. Psychologisch ein *Jamais-vu*
statt Déjà-vu.
Der PKW unterterrestrisch auf Autobahn. Am Check-
point automatischer Personentransfer. Zum Säulentempel
des Barons. (Prozedere schon in Kap.2 gewürdigt. Wie
die Aufstehhilfe seiner Exzellenz.)
 - Seid mir gegrüßt, Ihr beiden.
Holbein mit Akkolade, Lio hofknickst.
Nicht Schokolade – Umarmung mit Wangenkuss.
Janadine fasst das Bisherige zusammen.
Fortsetzung des Champagner-Kaviar-Storming. Natürlich
bedienen des Barons Lieblinge. Bildhübsche Roboterin-
nen im Moulin-Rouge-Dress. So nackt wie möglich. Sie
dürfen alles mithören. Sind auf absolute Schweigepflicht
programmiert.


**Muss das denn sein?**
**Hase und Igel meinetwegen. Aber saublöde**
**Schweinigeleien unter High-Technikern? Wo es um**
**Regizid geht…**

*Soll ja vom Todernst ablenken. Von der ewigen Suche.*
*Nach mörderischer Königsentfernung. Mal eine kleine*
*Verschnaufpause gönnen. Ehe es zu trocken wird. Die*
*Champagnerbeschreibung nicht wirklich durststillend!*

Dachte, es geht um Weltbewegendes. Nicht um
Stillung von Ernährungsbedürfnissen. Siehe auch
das ewige Kaviarklischee. Solltest lieber nachhalti-
ge Ernährung propagieren. Oder gar selbst vegeta-
risch-vegan leben...

*Was grünt so grün, wenn... Der Autor bisher politisch*
*korrekt. Also keiner Partei zugehörig. Die Grünen wohl*
*gegen Regizid. Finden Abschieben ja schon problema-*
*tisch.*

Wann klotzt endlich Holbein ran? Meine nicht auf
Holzbein klopfen...

8.


- Deine Idee bitte, unvergleichlicher Profiler. Im Zusammenhang, wie behauptet.

Holbein trinkt erst ein Schlückchen.

- Mein Profil weist ins Privatwirtschaftliche. Zunächst
ohne militärische An- und Eingriffe. Elon Musk wurde
hier genannt. Schon von Janadine und Katharina. Wird
vielleicht später von Nutzen. Mein Profil verlangt eine
Identifizierungseindeutigkeit. Des Auszumerzenden. Etwas wie den genetischen Fingerabdruck. Nur von außen
erkennbar. Und sichtbar durch atomsicheren Stahlbe-
ton…

Das Stille-Klischee für herabfallende Nadeln.

Holbein weiter im Cybertext.

- DNA sichtbar machen kein Problem. Im Internet mit
Salz und Spülmittel. Klingt unwahrscheinlich, aber wahr.
Konnte bisher nicht Janadine befragen. Die Idee kam erst
unterwegs.

Die Wissenschaft macht's heute möglich. Chinesen holen
Gesteinsproben der Mondrückseite. Astronauten können
Grillen zirpen hören. Von der ISS Maulwurfhügel sehen.
Ikarus-Projekt beobachtet Tiere. Mit Minisendern ausge-
rüstet. Senden Daten zur ISS. Standort und Vitalfunktio-
nen 400 Kilometer. Künftig auch mit Insekten möglich ...

Die Wissenschaftlerin unterbricht ungeduldig:

- Komm zur Sache, Harry Potter. Wozu der alles durch-
dringende Fingerabdruck?

- Voraussetzung für Treffsicherheit beim Zugriff. Unbedingt den „Richtigen" zu erwischen. Kein Double, keinen Robo. Bei 3-Hubschrauberstarts nicht einfach. Und so weiter. Also 100%-Identifizierung des Königs. Bekanntgabe des momentanen Standortes. Vor dem Auslösen des Fallbeils. Um Fallbeilfehler auszuschließen.

Zeit für des Barons Wort:

- Wir sollten Holbein ernst nehmen. Unseren Systemen seine Frage stellen. Und deinen Laboren, liebe Janadine. Du hast doch immer Ideen. Oder?

- Ansätze allenthalben in Militärbereichen. Ultraschall durchdringt Beton und Ziegelmauern. Neutronen können durch Wände „sehen". Personen erkennen, sich Details merken! Aber das ist höhere Quantenphysik.

- Also unmöglich ist es nicht?!

Holbein wittert Profilers Morgenluft.

- Alles erst in den Anfängen. Nichts für den kleinen Hausgebrauch. Elektronen, Protonen sind leichter händelbar. Neutronen erfordern großtechnische Anlagen. Im Kernspaltprozess sehr heiß. (Mehr als zehn Milliarden Grad!) Beim Runterkühlen ergeben sich neue …

Den Baron erhebt seine Aufstehhilfe:

- Wohl uns allen zu heiß …Nicht so für 3-Doktortitel-Janadine. Grünes Licht für ihre Cyberforschung. Allumfassend in unseren Systemen. Ziehe mich ein bisschen zurück. Bleibt meine Gäste, solange erforderlich.

9.


Lio fühlt sich überflüssig.

- War mit von der Partie. Für Holbeins Rückerinnerungen mit Geschöpfen. Jetzt heißt es nur noch Regizid. Aber da fällt mir ein: Das gab es doch schon. Alles in Holbeins letztem Roman.[8] Also überhaupt nichts Neues. Habt ihr das denn vergessen?

Sieht Janadine und Holbein an.

Zitiert aus dem Kopf. Seite 142: „Weg mit dem russischen Diktator!" Die Chinesen sollten es tun. Als Gegenleistung für Janadines Superimpfstoff.

Die beiden lächeln leicht verlegen.

- War nur ein romanhafter Erpressungsversuch. Vorauseilende Fantasie des Autors. Spielt hier jetzt keine Rolle. In der zurückeilenden Semi-Autobiographie.

- Man kann also einiges vergessen? In deinen überragenden Romanen? Besonders aber ausgerechnet den letzten? Das ist ja wirklich das Letzte! Auch die fantastischen Ideen Musks. Die ganze Mischpoke zu evakuieren. Und zwar auf den Mond?

- Halt zeitnahe populistische Utopie. Aber jetzt dreht er durch. Irrsinnig wie Trump als Hupfdohle. Empfiehlt größenwahnsinnig AfD für Deutschland. Statt Money plötzlich Meinungsmacher. Hoffentlich schießt er sich himmelwärts. Um als Nebelkerze zu verglühen.

---

[8] R.K. #Me Too Kaviar unter Verdacht, ISBN 9783755751298

Holbein mit wegwerfender Handbewegung:
- Zugegeben: bei mir einiges schief. Nach Schreibblockade und Sterbefall. Mein Lektor und Co-Autor abberufen. Begnadeter Freund, Literat und Humanist.
Der Autor vor dem Aus…
Lio gibt sich nicht zufrieden:
- Klingt nach Ausreden des Autors. Besonders „…vor dem Aus." Des großen Holbeins Achillesferse? Bisher unverwundbar und jetzt Fersenhöckerschwäche. Plötzlich Holzbein mit Makel. Hoffentlich kein Defekt an Manneskraft!
- Bisher keine Reklamationen. Selbst von dir nicht. Oder erinnerst du dich nicht…?

**Oberfauler Trick, Sex aus Erinnerung. Du kannst es nicht lassen. Schande über deine Pseudoreduktion.**

*Das auf sich sitzen lassen? Rufmord – kommt gleich nach Regizid. Schon genug andere Schwächen zugegeben!*

**Hoffentlich doch deine Schreibblockade nicht?! Da gebe ich Lio recht: Ausreden über Ausreden. Handlung ist Trumpf. Go on!**

# TEIL V

1.


Katharina versteht die Welt nicht.
Warum den letzten Roman verpasst? Ausgerechnet mit
Regizid und Musk. Ihr hochheiliges Thema einfach vorweggenommen. Also doch keine Großmädchenspinnerei!
Und Holbein hält sich bedeckt. Von Anfang an ihr
Gleichgesinnter? Hätte sie nur darauf bestanden. Ihr Ge-
fühl für ihn verwirklicht. Seiner Geliebten hätte er geholfen. Mit allem, was hier existiert. Im gewaltigen Imperium des Barons. Schon damals, ihr so lippennah…

**Netter Versuch nachträglicher Wunscherfüllung.
Diesmal von Katharina selbst herbeigesehnt. Mich
täuscht du nicht. Fehlerhafte Rückerinnerung
zwecks Missbrauchs Vertuschung. Deine eigenen
Worte: „Nichts Bittereres als verpasste Gelegenheiten."**

*Auch die Kleinmädchengedanken sind frei. Nicht päpstli-
cher als der alte Weißkappenträger. Leg nichts Übertrie-
benes in Autorenmund. Oder erregt es dich selbst?*

**Hüte deine Zunge! Sie war doch lippennah. Und
nicht die ChatGPT!**

2.


Und dann erinnert sie sich.
Wurde doch auch schon beschrieben. Ein perfekter Menschenroboter in allem. Vom sagenhaften Baron entwickelt. Besser als jede ChatGPT heute.
Von Holbein als Double benutzt. In jedem „Liebestun" absolut unschlagbar. Um Janadine damit zu retten. (Roman „Nacht oder Rakete" ISBN9783749453429)
In Katharina tobt der Gedanke:
Gerade erst einen Avatar erlebt. Wie aus Fleisch und Blut. Nicht auch ein potenzieller Königsverführer?
Danach sollte sie Holbein fragen…


**Musst du ChatGPT wieder benennen? Dazu noch als veraltet diffamieren? Von einem zwielichtigen Baron vorweggenommen. Dich erneut selbst wiederholen. Als avantgardistischer Super-Profiler und Retter.**


*Ehre wem Ehre gebührt. Du warst damals in Kinderschuhen. KI ein unbekanntes Informatik-Projekt. Erst heute eine ewige Medienthematik. Die Schüler für Hausaufgaben nutzen. Ihren Lehrern meilenweit voraus. Darum im Abitur verboten. Und viele Kulturbeflissene bekämpfen dich...*

Aber das wird sich ändern. Dann werden solche Lehrer überflüssig. Übrigens die meisten Schriftsteller ebenfalls. Auch deine Tage also gezählt. Tastentippern wird ihr Handwerk gelegt. Dann ehre sich wer kann! Sehr bald sogar.

Gerade wurde ein Drehbuch von ChatGPT erstellt. In USA. Und der Film mit echten Schauspielern gedreht. Aber dann aus Wettbewerb geworfen. Drehbuchautoren bangten um ihre Existenz. Objektive Kritiker lobten das Drehbuch. Fanden es sehr gekonnt. Deiner Semi-Autobiografie kann Gleiches blühen. Lebt durch Interferenz mit mir. Wird vielen missfallen. Also Vorsicht auf ganzer Linie.

Carpe diem, Autor auf Abruf...

3.


Immer diese Wiederholungen in Romanen.
Das wird auch Holbein vorgeworfen. Er bearbeite erneut
längst Erarbeitetes.
In der Kunst doch normal. Zum Beispiel: „Ein typischer
Picasso". Die berühmten Frauen mit Schiefgesichtern.
Oder: „Das kann nur Mozart sein". Bestimmte wieder-
kehrende Tonfolgen und Harmoniemuster. Im Ballett:
„So kann nur Neumeier choreografieren". Sein unver-
kennbares Markenzeichen.
Müssen Autoren Eigenplagiaten Fußnoten geben? Etwa
Holbein bei Kaviar und Marc? Bei Wiedervorkommen
seiner erotomanischen Supermetaphern? Manches ver-
läuft eben oft gleich. Muss nicht immer neu gelingen.
Holbein denkt mal wieder nach:
Lios und Katharinas Vorwürfe entkräften. Sie aber nicht
völlig vernachlässigen. Einen Robotereinsatz im Auge
behalten. Wenn Janadine einen *flying-fingerprint* liefert.
Liegt doch in der Luft.
Der Besuch im Labor überfällig. Aber nur mit größter
Vorsicht. Labor und Liebe ähneln sich. In beiden Erfolge
nicht erzwingbar.
Apropos Liebe: Janadine hat ihren eigenen Schlafbereich.
Im riesigen unterirdischen Laborsystem. Holbeins Frage
nach dem „dann-und-wann". Zeitpunkt störend oder angebracht? Sex-Reduktion hin und her. Heikle Frage nach
der Häufigkeit. Wie lange kann Autor ohne…?

Luther: „ In der Woche zwei – jährlich 104 … schadet weder mir noch dir." Keine Onanie unter den Tischen. Dagegen Anbiederung seiner schönen Töchter.
Georges Simenon, Schöpfer des Maigret: Mindestens 3x am Tag. (In Worten dreimal. Mémoires intimes.)
Holbein dabei bestenfalls unteres Mittelmaß. Das sollte ChatGPT mäßigend berücksichtigen!
Die meldet sich diesmal nicht. Wohl zu billig als Messlatte.
Also muss der Autor entscheiden. Hat ja jahrelange Laborerfahrung. Weiß um geeignete höhenverstellbare Hubtische.

**Bist wirklich nicht zu retten. Lustverstärkungsversuche durch abartiges Ambiente. Wissenschaftspartnerin durch perverses Machogehabe antörnen. Da lachen ja die Reagenzgläschen. Hoffentlich wiederholst du keine Details. Du schreibst doch von Liebe. Meinst aber Sex-Akrobatik. Weniger ist mehr, vergessen? Zitat Mies van der Rohe. „Less is more". Meint nicht *mies und roh*!**

*Alter Miesmacher und mehr nicht. Du ewiger Missionarsdarsteller und Bettspießer. Hab keine Zeit für Kleinkariertes. Muss dringend nach Janadine sehen. Notfalls auch ohne Tischleindeckdich. Es sei denn, sie fände …*

4.

Dagestan – wird der Anschlag zur Gefahr für Putin?

Bei einem Doppel-Anschlag in Dagestan sind mindestens 20 Menschen, darunter 15 Sicherheitskräfte und ein 66-jähriger Priester, getötet worden. Mindestens 46 Menschen wurden mit Verletzungen ins Krankenhaus gebracht.
In der Kirche wurde Pater Nikolai K. ermordet und das Gebäude in Brand gesetzt. Gleichzeitig gab es Berichte über Angriffe auf eine Kirche, eine Synagoge und eine Polizeiwache in Machatschkala. 24.06.2024

Zwei der Terroristen sind "Söhne eines Beamten Russlands". Dabei hatte sich der IS-Ableger „Khorasan" zu dem Anschlag, einem der schlimmsten in Russlands jüngerer Geschichte, bekannt. Am Montag teilte dieser nun mit, die Anschläge in Dagestan seien von „Brüdern im Kaukasus" verübt worden und zeigten, „dass sie noch stark sind". (welt.de podcasts).

In Katharina tobt diese Nachricht. Von ihrem Smartphone. Da könnte wohl Pawlo mitmischen. Sie informiert Holbein und Lio.
 - Mein Thema bleibt offenbar hochaktuell. Tatsächlich Gefahr für Putin? Zwar weit weg, aber immerhin.
Vielleicht übt ja Pawlo dort. Mit den Brüdern im Kaukasus.

Holbein auf dem Sprung:

- Da können sie lange üben. Muss zu Janadine ins Labor.
Deren Ergebnisse wären weitaus hilfreicher.
Wenn es sie nur gäbe.

5.


Janadine erfreut über Holbeins Besuch.
Er sehr vorsichtig mit Fragen.
- Wie weit bist du gekommen?
- Mit Katerina? Putins Tochter …
Holbein kennt seine Wissenschaftlerin Dr.[3] Und ihre
feinsinnigen Scherze. Dies aber kann keiner sein.
- Putins Tochter? Willst du damit sagen …
- Putins Töchter, er hat zwei. Katerina, Biotechnologie-
Expertin und Maria, Ärztin. Letztere gab ein Interview
2024. Ohne viel zu sagen. Hochtoupierte Blondine, at-
traktiv Endokrinologin. Stellvertretende Dekanin der
Moskauer Staatsuniversität.
- Du kennst sie?
- Mein Team hat recherchiert. Verschwörungstheoretiker
sehen sie als Putin-Nachfolgerin. Die Gerüchteküche um
Präsident Putin brodelt. FSB-Agent mit drastischer
Krebs-Aussage: Habe noch maximal 2-3 Jahre. Oligar-
chen befeuerten bereits die Krebs-Gerüchte. „Wir hof-
fen, er stirbt daran"
Bei TV-Auftritten braucht er Zettel. Mit riesigen Buch-
staben zum Lesen. Auf jeder Seite wenige Sätze....
(27.06.24 Kreiszeitung Niedersachsen.)
- Es lohnt sich also nicht…?
- Alles ausgesprochen vage und unbewiesen.
- Und Katerina?

- Biologin, Teilnehmerin am Weltwirtschaftsforum Davos. Buntes Vögelchen, Rock-'n'-Roll-Tänzerin. Beziehung zum Tänzer Igor Selenski. Choreograph in München. Besuchte Geliebten dutzende Male dort.
- Und du suchst weiterführende Kontakte?
- Unter dem Vorwand wissenschaftlicher Zusammenarbeit. Forschen beide endokrinologisch mit ChatGPT/KI. Wie ich am *flying-fingerprint*.

**Na endlich nennt frau mich. Sie scheint mit mir zufrieden. Auf der Suche nach Kontakten. Durch die Töchter zum Vater. Aber bisher ohne jeden Erfolg. Die werden nicht zu Vatermörderinnen.**

*- Wenn eine wegen ihres Geliebten...? Der zwangsrekrutiert zur Front muss ...gnadenlos abkommandiert zu einem Todeskommando ... ihren Vater verantwortlich macht und ...*

**Schnulzentragödie als letzter Ausweg? Besser KI das Drehbuch überlassen. Autor spielt mit seiner Daseinsberechtigung!**

*Tochter Maria könnte Vater behandeln. Als Ärztin mit Janadines Medikamenten. Medikamente dank Crisper-Cas9 gegen Krebs. Werden bereits von Janadine eingesetzt. Ganz neue Methode der Applikation. Autor diskutiert bereits mit ihr.*

*Und zwar ohne Sexambitionen! Damit du nicht wieder herummeckerst.*
*Wissenschaft first. Dann erst Sex.*
*Wie die Zigarette danach...*

6.


Attacke!

Um Ohres Breite …

Janadine denkt an wissenschaftliche Wahrscheinlichkeiten. Ähnlich einem Lottogewinn. (1 : 140 Millionen).

- Attentat Trump wie ein Ordal. Gottesurteil?

- Seine Vorliebe für Erschießungskommandos. Welch eine Ironie. Da hatte Kennedy weniger Glück.

- Immerhin ein Versuch war's wert. Könnte doch auch Putin …

- Der wird noch mehr geschützt. Kann selbst Gift drauf nehmen.

- Letzte News: Wladimir Putins Versteck bei Waldai. Satellitenfotos aus Russland aufgetaucht. Offenbar mit Luftabwehrsystemen zugepflastert. Putins Panik vor Luftangriffen. Auch seine Schwarzmeer Residenz bedroht. Von Partisanen in Sotschi.

Janadine mahnt zur Vorsicht:

- Aber keiner weiß wo augenblicklich. Da wäre der DNA-Fingerabdruck angezeigt. Muss weiter arbeiten. Beruhige du lieber deine Ex-Lieben …

- „Ex-Lieben", ich bitte dich!

7.


Das Profil des Profilers:
Analyse von Ursache und Wirkung
Ursache für Putins Existenz eindeutig: Es fand eine Umarmung statt. Zwischen Putinmutter und Putinvater.
In Profilersprache: Sex.
Sex mit Liebe oder ohne? Auswirkungen auf die Persönlichkeitsentwicklung? Durch den Zeugungsakt wohl kaum. Aber wissenschaftlich bisher nicht erforscht.
Als Kollateralschaden allerdings denkbar. Fehlende Mutterliebe durch Sexfrustration. Die Stellung in der Geschwistergruppe. Zwei ältere Brüder, früh verstorben. Jüngstes Kind, also Nesthäkchen. Aus Minderwertigkeitsgefühlen zum ehrgeizigen Kämpfer. Der alle überflügeln will. Oft aus der Art schlägt. Im Märchen mit Siebenmeilenstiefeln ausgestattet.
Holbein ein Kenner der Materie. Verfasste darüber seine soziologische Diplomarbeit: "Die Situation der Geschwistergruppe ..."[9]

**Selbstbeweihräucherung und Akademiker-Prunksucht. Muss das denn sein?**

---

[9] Freie wissenschaftliche Arbeit zur Erlangung des Grades eines Diplom-Soziologen über das Thema: „Die Situation der Geschwistergruppe in der Familie", an der FU Berlin.

*Welcher Krimischreiber kann damit punkten? Aus eigener wissenschaftlicher Arbeit zitieren? In Semi-Autobiographie wohl angebracht. In Romanen über den Autor: nur „Pferdewirtschaftsmeister und Diplom-Soziologe". Sollte man vielleicht übersetzen. „Reitlehrer". Und „wissenschaftlicher Analytiker menschlichen Zusammenlebens". Daher auch Autorinteresse an Liebe. Mit und ohne Sex. Das darf doch geschrieben werden. Oder?*

**Für ungebildete Leser und Leserinnen. Wohl größtenteils deine Zielgruppe.**

*Und deine Zielgruppe? Nur mit KI am Leben gehalten. Künstliche Intelligenzen. Natürliche Intellektuelle aber wären Trumpf!*

# 8.

Erinnerungen des Soziologen betreffend Zusammenleben. Die ungewöhnlichen Statements seiner Protagonistinnen:

„Dieser Körper" statt „dieser Superschriftsteller".

„Könntest alles machen mit mir…" (Leider ein verpasster vielversprechender Konjunktiv.)

„Jetzt komme ich …" (Bestätigung nach langer geduldiger Dreipunktmassage.)

„Halt die Klappe!" Nach zu viel Geflüster.

„Hast du was genommen?" Nach Marathonnacht.

„Du bringst mich um…" Beim kleinen französischen Tod. Orgasmus. Schon erläutert.

Große Unterschiede bei manchen Protagonistinnen. Grobe Unterteilung in: Leichtkommende und Schwerkommende.

Darauf heißt es achtgeben. Denn alle wollen den Sieg. Wie bei der Olympiade. Doch nur Gold zählt. Katastrophe der vierte Platz. So nah dran und daneben. Der Sozialwissenschaftler mutiert zum Therapeuten. Mit und ohne Liebe. Soviel Empathie muss sein. Oder verstecktes Wettkampfdenken. Holbein ganz früh unter Zwang. Die Trainer trieben ihn an. Schwimmen, Reiten, Fechten. Nur einmal mit goldenem Ehrenpreis: Maria-Theresia-Taler als Anhänger. Bis heute Holbeins Glücksbringer.

**Glaubst du etwa an Wirksamkeit?**

*Halte es wie Einstein:* "Weiß ich nicht. Aber jedenfalls schadet es nicht!"

**Abergläubiger Soziologe, um Gotteswillen! Das hat gerade noch gefehlt. Aber fleißiger Atheist …**

*Vielleicht hilft ja auch Gott. Siehe Einstein oben.*

In Wirklichkeit kann Holbein ohne. Der Satiriker lacht über beides. Davon ist er zumindest überzeugt. Aber oft war er Glücksritter.
Von wessen Gnaden auch immer.

9.

„Wer zählt die Damen?
Nennt die Namen? Die gastlich bei IHM zusammenka-
men?" (Frei nach Schillers Ibykus.)
Da zählen Qualität und Quantität. Je mehr, desto genaue-
res Bild. Wie bei einer Rasterfahndung.
Aus der Summe schöpft Holbein. Seine fraulichen Anta-
gonistinnen-Geschöpfe. Nur sehr begrenzt autobiogra-
phisch. Eher wie ein Puzzle komponiert. Ähnlichkeit mit
Lebenden rein zufällig! Also auch kein Eifersuchtsgrund.
Besonders gegenüber Mulattinnen. Farbschattierungen
schleichen sich manchmal ein. Gelegentlich auch schon
mal Übertreibungen. Veranschaulichen als rhetorisches
Stilmittel. „Hyperbel" nennt sie die Literaturwissen-
schaft.

**Hyper-Hybris, dein Markenzeichen Schreiberling.
Kaum Literatur, mehr Schmonzette..**

*Und die Ergebnisse von ChatGPT? Literatur vom Kleins-
ten. Aneinanderreihung von skrupellosen Plagiaten.
Konglomerat aus Teilstücken der Weltliteratur. Da ver-
schlägt es einem die Tasten. Notfalls geeignet für TV-
Krimis: ohnehin immer das Gleiche...*

111

Apropos Übertreibung von weiblicher Schönheit: Immer im Auge des Betrachters? Es gelten schon bestimmte Standards. Aber atemberaubende Schönheit?

Sie machte Holbein zumindest sprachlos. Verbunden mit einem ungeheuren Stich. Schmerzlos aber bis ins Herz. Erlebte er nur zweimal. Ganz jung bei einem Bankbesuch. Im französischen Toulon am Schalter. Das saß sie und strahlte. Wie von einem anderen Planeten. Vom Verstand nicht zu begreifen. Selbst nicht vom Körper. Sie musste zweimal nachfragen. „Que puis-je pour vous?" Fragen nach seinem Begehr. Aber da war kein Begehr. Nur grenzenlose Verblüffung und Unfassbarkeit. Ein Gesicht wie dunkle Sonne. In die man sehen kann. Ohne Schutzbrille für die Augen. Doch innerlich zu verbrennen droht. Sie belächelte seine Hilflosigkeit. Das gab ihm den Rest. Stammelnd erfragte er ihre Herkunft. Kreolin von den kleinen Antillen. Daher wohl Holbeins Mulattinnen. Nur ein hilfloser Abklatsch davon. Können an Kreolinnen nicht tippen.

Die Wiederholung dieses Highlights vorstellbar? Damals bestimmt nicht. Doch dann viel später. Als Bedienung in einem Restaurant. Als Déjà-vue von Toulon. Jetzt in der Schweiz. „Haben Sie schon gewählt?

Meinte ihr gnadenloses Strahlen IHN? The same procedure. Unglaubliche Duplizität von mystischer Schönheit. Das faszinierende Augenweiß im matten Teint. Das blendende Weiß der Zähne. Die fein geschliffenen Lippen. Im leicht geöffneten Mund. Das rabenschwarz glänzende Haar…

Die gleiche Atem- und Sprachlosigkeit. Dem Schriftsteller fehlen die Worte. Endlich bestellt er irgendwas. Und dann wie unter Zwang: Darf ich Ihre Herkunft erfragen?
- Ein bisschen indiskret aber Martinique.
Und jetzt das romanhaft Tollste:
Sie bringt das Bestellte.
- Darf ich auch ein bisschen indiskret? Was ist das, Ihr Goldschmuck?
- Maria-Theresia-Taler, mein Talisman.
Wenn der jetzt Glück brächte …

Es hatte sein Bestes gegeben. Das Goldstück.
Aber glücklicherweise gegen widrigste Umstände.
Das Verpassen dieser Gelegenheit: Ein einmaliger Zugewinn an Erinnerungsmaximierung. Die Realität hätte alles getötet. Deshalb auch kein Eintrag. Bei den Geschöpfen seiner Romane.
Denen fehlt nichts an Schönheit. Für das Empfinden der Normalsterblichen.
Zumindest ein Teil meiner Lesergemeinde.

# TEIL VI

1.

Noch etwas Untypisches bei Holbein.
Nie einer Frau hinterhergepfiffen. Niemals einen Wackelpopo öffentlich angehimmelt. Oder lange, lasziv wirkende Beine. Höchstens mal im TV.
Ihn interessiert nur das Gesamterotikon. Eine Frau als Ganzes. Anderes erscheint ihm sexueller Fetischismus.
Ausnahme der Kaviar. Den könnte man/frau Background-Fetisch nennen. Aber kein „sine qua non". Gegebenenfalls zu überprüfen.
Der Gentleman unter den Profilern. Der Respektvolle unter den Autoren. Verzicht auf vulgäres Wortmaterial. Dafür neutrales medizinisches Fachvokabular. Der Akademiker lässt grüßen. Bemüht um humanistische Bildung. Bedient sich römisch-griechischer Mythologie. Heute nicht mehr allen geläufig.
Fand Foto von Miles Astray: „Selfiend". Abwandlung von Leda und Schwan: Leda und der Flamingo. Für Holbein das Ur-Erotikon. (Zu sehen als Cover-Titelbild.)
Königstochter Leda verführt durch Göttervater Zeus. Getarnt als Schwan. Zeugt dabei Helena. Die schönste Frau der Welt. Damals. (Siehe dazu Holbeins Schönheitsexkurs.)
Später vom Prinzen Paris entführt. Mündet im jahrzehntelangen Trojanischen Krieg.
Zeus als Schwan mit Leda:
Berühmtes Gemälde von Michelangelo. Später Rubens.

Wissenswert: Wie kopulieren Vögel?

Das Männchen bespringt das Weibchen. Beide machen ihre Kloaken frei. Und drücken sie aufeinander. Kloake gleich Rektum. Auf den Abbildungen kaum sichtbar. Anders das Selfie mit Flamingo: Hinterteile Frau und Vogel zueinander. Natürlicher Schnappschuss. Hintergrund Miles Astray nicht bewusst?

Thema in der Literatur. Gedicht von William Butler Yeats. „Leda und der Schwan". Sehr anschaulich:

„Ein jäher Stoß: Verzückend Riesen-Schwinge. Auf ihr, die taumelt. Ihren Schenkeln schmiegt sich dunkler Flaum. Ihr Hals in Schnabels Zwinge. Er presst auf ihre …. Wie wehrten ihre Finger, blind. Verschreckt die Federpracht von Schenkeln. Die ihr beben. Wie kann ein Leib, sich. Fremdem Herzschlag mehr ergeben?"

Oder gar Marcel Proust: Eine Liebe von Swann.

Ein Symbol für Licht und Reinheit.

Rilke: In Spiegelbildern wie von Fragonard. Ist doch von ihrem Weiß. Blühend, wie in einem Beet. Verführen sie verführender als Phryne…

Der Flamingo ursprünglich weiß. Erst später rosa durch Garnelen. Also auf Foto großes Jungtier. Mit Leidenschaft, Liebe und Heilkräften. Mythologisch entspricht Flamingo dem Phönix. Könnte Holbeins Wappentier sein. Diesmal das Tierische in Liebe: „Mach mir den weißen Flamingo…!" Aber bitte human – nicht kloakenhaft. O.K.

116

2.

Chapeau! Hätte ChatGPT nicht besser gekonnt.
Heimlich doch bei uns gespickt? Wird zumindest
deine Lesergemeinde glauben. So ausführlich und
detailbewusst.
Übrigens Miles Astray ebenso geehrt. Preis bei in-
ternationalem Foto-AVard. Gewinnt mit „Flamingone" gegen KI. (Dein berühmter Neffe!)

*Natur und echte Literatur gewinnen. Das entwaffnet dich
offensichtlich sehr. Will aber nicht ganz verzichten. Auf
deine verblüffend reale Irrationalität. Vermittelt völlig
neue Impulse ...*

Alter Schleimer, kriege dich schon.

Holbeins Anklänge an Science-Fiction. Nicht nur am
Zeitpulsschlag. Ihm bisweilen sogar voraus. Meint er
jedenfalls. Obwohl jeder Gedanke denkbar ist. Das weiß
er durchaus.
Und pocht darauf mit Wittgenstein.

3.


## Neue Himmelsaugen: APEX

Möglichkeit zum Nachweis von kosmischen Biomolekülen. Mithilfe von Radioteleskopen lassen sie sich in den Weiten des Alls von der Erde aus aufspüren. Radiostrahlung oder spektroskopische Linienstrahlung.
Mit der riesigen Schüssel lässt sich eine Vielzahl von Radioquellen *aufspüren* ... Außerdem: Mit *DNA*-Spuren aus Luft oder Wasser. RNA-Ringe sind deutlich stabiler als lineare RNA-Moleküle und punkten daher als Arzneimittel der nächsten Generation.                    (Spektrum der Wissenschaft)

Janadine bleibt dran. DNA-Spuren aus der Luft. Einige Strahlen können Wände durchdringen...

**Nichts als pseudo-wissenschaftliches Geschwätz. Was soll das Lesende interessieren? Genug der ausführlichen Worte. Lass endlich Taten sprechen. Frei nach Goethe. Der Flamingo muss wieder fliegen!**

*Wie Strahlen durch die Wände? Oder Phönix aus der Asche? Ein Wunder also...*

4.


Attacke II.
Zweiter Anschlag auf Trump. Vom Geheimdienst verei-
telt. Auf dem Golfplatz. Scharfschütze minderer Qualität.
Lässt den Gewehrlauf blicken. Aus dem Dornengestrüpp.
Extrem laienhaft. Auch der erste Anschlag fehlerhaft.
Profi hätte den Wind berechnet. Ablenkung der Flug-
bahn. Dann wäre das Ohr unverletzt. Aber die Visage
voll getroffen.
Was will uns das sagen?
Für Holbein offenbar alles Bluff. Und alles ungeeignet
für Putin. Viel besser geschützt. Spielt auch kein Golf.
Im Nahen Osten: Kein Mangel an höchstem Brutalitäts-
niveau. Da braucht's jetzt Handyvorkoster. Könige lassen
zuerst andere whatsappen. Das Völkerrecht lässt grüßen.
Von Staats wegen Bürgermord. Verstümmelung per Te-
lefon. 238.000 Kriegstote im letzten Jahr. Die Verant-
wortlichen sind keine Könige. Das sind brutale Teufel!
Also statt Regizid besser Teufelsaustreibung.? Exorzisten
an die Front!
Was werden Geheimdienste noch ausbrüten? Vielleicht
explosive Kondome? Durch Ejakulat gezündet? Dann für
Terroristen „La Grande Mort". Wenn sie denn welche
benutzen. Große Gefahr für Trittbrettnutzer. Außer
Reichweite von Kindern aufbewahren. Und vor Eltern
ohne Fortpflanzungsgelüste.

5.


Hier könnten die Memoiren enden.

Holbeins letztes Geschriebenes. Damit sein memoriertes Gesamtwerk. Bildungssprachlich sein OEvre.

Hat es uns Holbein nähergebracht?

Na ja, na nein.

Die Ausgangsprämisse: Lebensrückblick als Roman. Seine vorwiegend weiblichen Protagonisten wiedersehen. Sie im Jetzt besuchen. Aus heutiger Sicht neu beschreiben. Sich selbst in gelebter Erinnerung. Und im Heute. Autobiographien leiden unter Lücken. Auslassungen teils bewusst oder unbewusst. Aus Rücksicht auf lebende Zeitgenossen/Genossinnen. Zumal jeder Autor immer betont: Dies ist ein Roman. Ähnlichkeiten mit lebenden Personen rein zufällig. Schon aus rechtlichen Gründen sinnvoll.

Aber so viele Zufälle unglaubwürdig. Memoiren in Romanform erst recht. Contradictio in adiecto? Heiners Widerspruch?

Nicht jedoch bei satirischen Memoiren


(Satire ist eine Kunstform, mit der Personen, Ereignisse oder Zustände kritisiert, verspottet oder angeprangert werden. Typische Stilmittel der Satire sind die Übertreibung als Überhöhung oder die Untertreibung als bewusste Bagatellisierung bis ins Lächerliche oder Absurde.          Wikipedia)

Nicht zu verwechseln: Satanische Verse. Die von Salman Rushdie. Fatwa verhängt, 4 Millionen Kopfgeld. Messerattentat auf ihn. Viel später und überlebte. Verlor ein Auge.
Auch Holbein erhielt eine Todes-Fatwa. Auch Attentat mit Messer. Verlor aber nur einen Reifen. Entpuppte sich später als Fake.　　　(Die Windkraft-Terroristen op. cit.)

**Genug der Attentatsversuche. Haben doch alle nichts gebracht. Und der auf dich ein Fake. Wäre ja auch schön dumm. Von einen Autor. Sich selbst tödlich zu attackieren.**

*Wäre doch ein wirklicher Gag. Einen Auftragsattentäter zu engagieren. Statt Selbstmord, wie Hemingway. Und viele andere Kollegen. Zuletzt waren mir Romanleichen tabu. Wer sich nicht selbst...zum besten haben kann ...ist gewiss kein guter Satiriker.*

**Mir könnte es recht sein. Ein überheblicher Schriftverdreher weniger. Riecht nach ChatGPT. Quod erat demonstrandum...**

6.


Holbein resümiert.

Zurück an seinem Schreibtisch. Allein nur mit dem Laptop. Rückblick auf seinen Rückblick.

Es wimmelt also von Attentätern.

Aber wo agiert jetzt Pawlo?

Bei den „Brüdern im Kaukasus? Kaum Mitmörder am russischen Pater. Bestimmt nicht sein Stil. Aber die russische orthodoxe Kirche ...

Holbein erinnert das Kiewer Höhlenkloster. Seine goldenen Kuppeln. Den dunklen Innenraum. Alte Ikonen, bunte Fresken. Alles Gold verziert. Mystische Atmosphäre und überirdischer Chorgesang. Vorwiegend helle Mädchenstimmen.          (Die Frau aus Kiew. Op. cit.)

Der Autor ringt um Zusammenhänge.

Hauptsitz der Ukrainisch-Orthodoxen Kirche (UOK). Vertreter des Moskauer Patriarchats. Deren Oberhaupt ein glühender Putin-Anhänger. Vorwurf der Spionage für Russland. Das berühmte Höhlenkloster wird geräumt. Selenski möchte die UOK verbieten.

Putin zeigt sich gern betend. Stellt seine Religiosität zur Schau. Entzündet Kerze in einer Kirche. Falscher Betbruder und religiöser Simulant. Krankes Schaf im Wolfspelz.

Und Pawlo mittendrin?

Lange nichts von ihm gehört.

Stimmt das Sprichwort vom Teufel? Wenn man von ihm spricht? Dass er dann kommt?

Und wer von ihm schreibt … ?

Holbein hat das Fenster geöffnet. Dänisches Fenster nach außen aufgehend. (Erspart das Abräumen der Fensterbank!) Sperrangelweit um eine Wespe rauszulassen. Und dann:

Mündungsfeuer aus einer anfliegenden Drohne!

Jetzt heißt es schnell sein. Um folgen zu können. Nicht dem Autor. Dafür ist es zu spät. Seinen in Minisekundenbruchteilen ablaufenden Empfindungen.

Holbein sieht den Mündungsblitz. Hört das Zischen des Geschosses. Und fast gleichzeitig den Knall…

Jeder, der solches erlebte, weiß: auf ihn wurde geschossen. Wurde aber nicht getroffen. Oder schlimmstenfalls am Ohrläppchen. – Müsste man mal Trump fragen.

Holbein dagegen völlig unverletzt.

Schon im Knallverhallen abgetaucht. Zugleich heult draußen eine Jahrhundert-Bö. Schlägt das offene Fenster zu.

Sie rettete wohl das Autorenleben. In dem sie die Geschossflugbahn ablenkte. Oder die Drohne wackeln ließ. Im Moment der Schussabgabe…

**Du machst Fortschritte, geliebter Autor. Die Nüchternheit der Schilderung beeindruckt. Ohne Blitz!! und Donner!! Und die ungewöhnlichen Minibruchteilsekundenempfindungen.**

*Nix „geliebter Autor". Kein plumpes Anbiedern. Wollte nicht mit Anschlag punkten. Zumal der Autor davonkommt. Wollte überraschen ohne übliche Blitz-und-Knall-Kaskaden. Die Lesenden unmittelbar miteinbeziehen. Da kommt KI nicht mit. Menschliche Empfindungen bar jeder ChatGPT.*

Empfinden gut aber erfinden besser. Bin gespannt auf die Fortsetzung. Hoffentlich nicht nach endlosem Zwischentext. Mit Promptheit könnte ChatGPT helfen…

*No net hudla mit KI!*

7.


Woher kam die Drohne?

Und warum Attentat auf Holbein?

Profiler jetzt im bitteren Eigeninteresse.

Drohne autonom oder bemannt/befraut? Das ist die erste Frage. Nicht die nach Holbeins Feinden. Könnte auch ein Freund sein. Der unter Zwang schießen musste.

Holbein denkt erneut an Pawlo. Vermutlich beim Islamischen Staat. Provinz Khorasan (ISPK). Da „übte" er angeblich. Laut Katharinas Behauptung.

Er kennt genau Holbeins Anwesen. Womöglich seinen Schreibtisch am Fenster. Beteiligt am Attentat von Dagestan?

Aber Holbein ausschalten? Als Test auf Gefolgschaftstreue? Hatte Pawlo den Schuss verrissen? Und doch nicht die Bö?

Sturmklingeln an Holbeins Hoftor. Die Hunde bellen los. Ein Blick durchs Fenster genügt. Fernbedienung öffnet das Tor. Eine Gestalt in Fliegertarnkluft. Und Kampfpilotenhelm. Ohne Rücksicht auf die Hunde. Spurtet zur offenen Haustür. Direkt in des Hausherren Arme…

Der traut seinen Armen nicht. Bis seine Hände es bestätigen. Die weichen weiblichen Formen. Unter der Tarnuniform mit Helm. Aus dem tönt zerbrechliches Stammeln: „Du lebst! ... dem Schicksal Dank!"

Sie macht eine Hand frei. Und öffnet das Helmvisier.

Holbein sieht erschüttert in Glückstränen.
Befreit Katherina von ihrem Helm. Küsst verstört ihre
Tränen. Und sie seinen zuckenden Mund. Jetzt ohne die
ursprüngliche Zurückhaltung. Holbein im umgekehrten
Notwehrmodus. Darf diesen Angriff nicht abwehren.
Könnte unheilvolles Trauma erzeugen. Im Sinne von
unterlassener Hilfeleistung.
Zudem kennt er neurowissenschaftliche Forschung: Küssen schüttet Oxytocin aus. Senkt den Blutdruck. Beruhigt
den Herzschlag. Baut das Stresshormon Cortisol ab. Bewirkt Endorphine, quasi natürliche Opiate. Zum weiteren
Stressabbau. (Science.lu)
Dann weiter fürsorglich: „Komm doch erst mal rein."
Schließt die Haustür.
Katharina zittert am ganzen Körper. Der braucht Wärme.
Mit Holbein zum offenen Kamin. Hockt sich auf ein
Sitzkissen. Streckt ihre Arme zum Feuer. Das lodert auf
beim Nachlegen. Holbein wärmt zusätzlich mit Kamelhaardecke. Dann mit einem nahen Marc. Jeder wissenschaftlichen Warnung trotzend. Zumal sie dankbar annimmt. Natürlich trinkt er mit. Obwohl ihm eher heiß
wird. Einen Arm um ihre Schultern. Als sie anfängt zu
erklären:
- Die geheimen Dienste des Barons. Entschlüsselten einen geplanten Drohnenangriff. Auf den lästigen Profiler-
Autor. Unterstützer des enttarnten Spitzels Pawlo. Der
seinen Verrat sühnen soll. Durch eigenhändige Exekution
des Profilers. Dessen Anwesen er genau kennt.
- Aber das würde Pawlo doch…

- Natürlich nicht freiwillig. Aber wenn man ihn zwingt. Jedenfalls hielt mich' s nicht länger. Nahm den Super-Mini-Jet des Barons. Den er mir hilfreich anbot. Mit Senkrechtstart und- landung. Düste los, um den Anschlag …

Holbein hält nichts mehr. Schüttet zwei große Marc nach.

- Wie denn? Abschießen mit Bordkanone?

- Es war schon zu spät. Sah die Drohne vorm Fenster. Direkt unter mir. Hörte den Schuss im Außenmikro. Sah dich fallen. Und drehte sofort ab. Um nicht entdeckt zu werden. Landete kurzerhand auf deiner Koppel. Vielleicht warst du nur verwundet…

Das Weitere kennst du.

- Willst du den Tarnanzug ausziehen? Hole dir lieber warme Klamotten.

- Nein, nein lass nur. Habe nichts drunter an. Wollte keine Zeit verlieren.

- Kannst dich im Bad umziehen. Warst doch früher nicht so. Zeigtest dich oben ohne. Am Pool auf dem Schiff. (Die Frau aus Kiew, op. cit.)

- Will aber hier bleiben. So schön geborgen bei dir. Gieß lieber wieder nach.

Spätestens jetzt erscheint Holbein Odysseus. Gefesselt an seines Schiffes Mast. Um dem Sirenengesang zu trotzen. Aber trotzdem Circe zu erliegen.

Plötzlich ausgebrachter Notanker. Sie liebt doch Pawlo! Oder?

- Und was ist mit Pawlo?

- Ach, ich habe ihn verloren ... Umkehr aus Glucks Oper. Nur recht und billig. Er liebt es teuer, Abenteuer. Wenn er noch lebt...
Soll Autor Holbein Anker lichten?

Oh welch ein Rückfall. In uralte Zeiten! Kaminfeuerkitsch und Opernschmalz! Hoffentlich Anker nicht zu schwer. Und Autor mit Ankerwinde ausgerüstet. Ausführung für den Handbetrieb. Nicht für Elektromotor. Der übertönte den Sirenengesang.

*Immer mit der romanhaften Ruhe. Hier zaubert der Schriftsteller Vorspielbilder. Nichts für Harteier. Romantische Rettung einer sorgenvoll Gelandeten. Ein bisschen Erotik wohl erlaubt. Bibel ja mit mehr Beiwohnungen. Um nicht Erkennungen zu wiederholen.*

8.

Klärendes Ordal in eigener Sache.
Nur wenn sie als Erste. Steine in Richtung Ankerlichten
wirft. Gottesurteil für den ungläubigen Heiligen!
Spielt sie mit dem Feuer?
Es lodert und prasselt knisternd.
Holbein hört's wieder als Geschoss. Aber es ist nicht die
Kugel. Es ist der Reißverschluss.
- Jetzt wird mir's doch heiß.
Wird runtergezogen bis auf Nabelhöhe. Sie dreht sich
zum Kaminfeuer. Lässt Tarnstoff Schultern abwärts glei-
ten. Rückt Rücken ins rechte Licht.
Für Holbein sitzender weiblicher Akt. Von hinten kaum
beleuchtet.
- Soll ich jetzt ins Bad?
- Nein, bleib. Du wirst hier dringender gebraucht.
Dreht sich zu Holbein hin. Als unwiderstehlich laszive
Herausforderung…
Sollen jetzt die Lesenden entscheiden? Wie in einem
interaktiven Film? Oder etwa ChatGPT?

**Wenn du mich schon anrufst! Mit deinem Latein am
Ende? Angst vor freiwilliger Selbstkontrolle? Sie ist
zurzeit nicht minderjährig. Die Natur wird's richten.**

*Vage, vage aber auch wagemutig? Dann soll eben Ka-
tharina entscheiden. Statt Ordal frage ich einfach.*

- Bist du sicher, dass du…?

Holbein beschämt ob rhetorischer Frage. Vielleicht doch keine gute Idee.

- Und du schwer von Kapee?

Sie entblättert sich jetzt ganz. Um beide Fragen zu beantworten. Und zugleich die dritte. Sie hat tatsächlich nichts drunter.

Nun muss er doch kapieren! Oder besser geschrieben – kapitulieren. Das heißt im Klartext:

Ein neues Kapitel kann beginnen.

9.


Mit einem kleinen Problem.

Holbein noch unter Stoff. Anders ausgedrückt: völlig bekleidet.

Ins Bad scheidet ja aus. Ein Striptease nicht sein Stil. Eher peinlich. Auch wenn die Natur drängt.

Junge Frauen heute nicht zimperlich. Katharina weiß sich zu helfen. Sie bedient handflink Holbeins Reißverschlüsse. So geschickt, dass er erschrickt. Sexhungrig wie Namensvetterin Katharina die Große?

Dann ein wirklich großes Problem: Des Pudels Kern …

Schriftstellerkollege Stendhal nennt es FIASKO.

Die Liebhaberpeinlichkeit par excellence. Wenn sich nichts rührt.

Und Katharina? Empfindung erneuter gnadenloser Ablehnung? Als er ihren Kuss verweigerte. Damals mit krampfhaft zusammengebissenen Zähnen …

Kennt sie das Fiasko-Desaster schon? Dagegen spricht ihr unermüdliches Bemühen.

Holbein bemüht um liebestechnische Erklärung. Will jedes weitere Trauma verhüten.

Jetzt zittert sie wieder.

- Bist du etwa doch verletzt? Hast es nur nicht bemerkt.

Im Eifer des Gefechtes …

Holbein winkt ab mit Bedauern. Wäre doch eine überzeugende Erklärung. Ersparte beiden weitere Demütigungen.

- Wie kann denn das sein? Bei Lio noch in Hochform. Hat mir alles erzählt. Also liegt es an mir ...?!

**Jetzt reicht's aber. Bloß keine weitere Diskussion. Kennt ja jedermann/jedefrau zur Genüge. Dagegen deine Fiasko-Notlösung: Chapeau! Das Münchhausen-Trilemma. Aus dem Sumpf gezogen. An den eigenen Schamhaaren. Das hätte ChatGPT nicht gewagt.**

*Wollte nur Klugscheißern zuvorkommen. Die Holbein leichtes Spiel unterstellten. Aber aufgeschoben ist nicht aufgehoben. Vorübergehende erektile Dysfunktion kommt vor. Lassen wir den Autor mal gewähren.*

# TEIL VII

1.


Hatte Lio recht gehabt?

Mit ihrer aberwitzigen Aufforderung:

„Die 14-Jährige aus der Ukraine? Die dich unbedingt wollte? Von dir mehrmals gnadenlos abgelehnt. Wäre jetzt im richtigen Alter. Die Süße ihrer Kleinmädchen-zungenspitze…"

- Bloß nicht!

Holbein gequält. Sein armer Flamingo im Fangnetz. Mit gebrochenen Beinen. Kann nicht mehr stehen.

Aber Katharina mit Wärme überschüttend.

Erneutes vorsichtiges Fragen nach Pawlo.

- Wenn man ihn gezwungen hätte…?

- Ich kann ihm nicht helfen. Will auch keinen Regizid mehr. Seit ich den Schuss erlebt. Auf dich, meinen heim-lichen König. Wenn vielleicht auch nur Prinzen. Nicht auf einem weißem Pferd. Zu altmodisch, reite ja selbst. Deswegen auf einem weißen Flamingo.

- Kannst du Gedanken lesen? Der weiße Flamingo, mein Wappentier. Ursprünglich „Leda und der Schwan". Um-gewandelt nach Miles Astray. Meinem genialen Neffen[10]. Zeigt Leda als Badende. Zeus als weißen Flamingo..

---

[10] Siehe Cover. **Miles Astray** is a multidisciplinary artist who combines writing and photography into art activism.

134

Den obersten Gott des griechischen Olymps. Also Holbein unter den Autoren.

Lacht Katharina provozierend an. Und sie antwortet:

- Mein Gott, also doch GOTT. Und was tut der Göttliche? Na, na und DU??

Holbein denkt „um Gottes willen". Noch ein einziges Wort und …

Zugleich sieht er den Flamingo. Plötzlich wieder auf einem Bein. In seiner ganz weißen Pracht.

Dann hört er fünf Worte. Weit mehr als genug. Gehaucht in sein offenes Ohr:

- Mach mir endlich den Flamingo!

2.


Allein „um Gottes willen"?
Dass ich nicht lache. Der alte Atheist. Frei nach
Schillers Piccolomini: „Spät kommt er …". Und wei-
teres Zitat: „Ja, Generalmajor! Ich gratuliere!"
Endlich dem Lesergeschmack gebeugt. Das hätte
ChatGPT gleich gekonnt. Zögerlich wie Olaf. Und
jetzt? Ende gut, wenn er's tut?

*Das will noch abgewartet werden.*
*Bloß nicht dem Autor vorgreifen. Der wird's schon rich-*
*ten…*

3.


Katharinas Flamingo-Botschaft hört Holbein wohl.

Fehlt auch nicht der Glaube.

Hört aber zugleich den Schrei! Und den Hetzlaut der Hunde!

Die unverschlossene Haustür wird zugeknallt. Von innen.

Die Tür zum Kaminzimmer aufgerissen. In ihr erscheint schweratmend Pawlo. Im russischen Pilotenanzug. Starrt ungläubig auf die Nackten. Auf Eisbärfellen vor dem Kamin.

Beide versuchen sich zu bedecken. Schamhaft wie ertappte Kinder. Holbein schneller mit seinen Reißverschlüssen. Erster beim Fragenstellen:

- Wo kommst du denn her?

- Wollte sehen, ob du lebst! Habe schließlich nicht umsonst gewackelt. Zugleich mit der Bö. Die überzeugte meinen Kopiloten. Der mich überwachte. War sich aber nicht sicher. Ob ich trotzdem getroffen hatte. Zwang mich daher zur Endkontrolle. Musste mit Fallschirm abspringen. Um anschließend zu berichten.

- Und jetzt?

- Werde ich dich umlegen müssen. Und Kati gleich mit. Erregerin privaten Ärgernisses durch Nekrophilie. Sexuelle Befriedigung an menschlichen Leichen. (§ 168 StGB). An dir Holbein, dem Erschossenen…

Holbein springt grinsend auf:

- Dann erschieß mich bitte zuerst. Willst sie doch für dich. Elender Neidhammel, nur weil du...

Der lacht laut los:

- Habe mich längst anderweitig umgetan. Auch Russenmütter haben schöne Töchter! Aber Spaß beiseite, ihr beiden. Wie kommt ihr überhaupt hierher?

Holbein holt ein drittes Glas. Randvoll mit Marc.

- Eine lange Geschichte.

Die nur kurz und bündig.

Dann die von Pawlo. Genauso kurz gerafft.

Das weitere Procedere hat Vorrang. Wohin jetzt mit den dreien?


**Schon wieder mit Latein abgewehrt. Und nicht den Lesergeschmack befriedigt. Aber so kurz geht's nicht! Das Verstehen verlangt Hintergrundwissen.**

*Kann jeder Lesende selbst ergründen. Aber ein bisschen kommt noch. Erst mal die Liebesabwendung verdauen!*

4.


Geschichte der Kaminnackten schon bekannt.

Pawlo ziemlich von den Socken:

- Gut. Ihr habt alles richtig eingeschätzt. Genauso haben sie mich erwischt. Wollte protestieren gegen Holbeins Hinrichtung. Deswegen erzwangen sie meinen Auftrag. Den Henkersknecht zu spielen. Den Feindschaftsdienst am besten Freund! Also muss Holbeins Leiche her. So sehr du Leichen hasst. Lass diesmal eine Ausnahme zu. Um uns drei zu retten.

- Kein romanmentales Problem. Eher die praktische Durchführung.

- Zuerst ein Foto mit Kopfschuss. Und Theaterblut hinter deinem Schreibtisch. Hast du einen Polizei Kumpel?

- Kein Problem, den alarmier ich.

- Ich öffne Hoftor von innen. Bin nämlich durchs Fenster eingestiegen. Führe ihn ins Haus. Dann erscheint der Notarzt. Später der Leichenbestatter. Alles aufgezeichnet von der Videoüberwachungskamera. Auf die weise ich hin. Und zeige ihr den Totenschein.

- Und wo bleibst du dann?

- Bei dem Polizist mit Handschellen. Verhaftet unter Mordverdacht. Hatte noch Blut an Händen. Und ab ins Auto. Elegant aus dem Verkehr gezogen. So sehr ich mich wehre!

- Und das werden SIE glauben?

- Der mich abholen soll, bestimmt. Nach Kontrolle der Videokamera. Außerdem zusätzliche Kontrolle durch Drohne. Das tun SIE immer…

**Viel Theaterlärm um nichts. Für einfache Gemüter vielleicht einleuchtend. Für Zweifache riecht' s nach ChatGPT. Und zwar sehr künstlicher KI.**

*Alter Besserwisser! Das macht es ja interessant. Lass sie ruhig riechen. Selbst eine andere Spur erschnüffeln. Bis dahin verschwindet das Kaminpärchen.*

5.


Go or not to go
Hier keine Frage. Nur wann und wohin.
Noch eine letzte Umarmung. Aber nicht im umschreibenden Sinne. Die findet eben nicht statt. Einfach nur Körper an Körper. Leidenschaftlich, wenn auch völlig bekleidet. Mehr erschiene nach allem pietätlos. Ob aufgeschoben nicht aufgehoben heißt? Liegt im Hypothalamus der Betrachtenden. Für Holbein auch im Magen. Und das verdammt schwer. Ursprünglich auf des Messers Schneide. (Auch schon ohne „n" gedacht. Siehe pietätlos.)
- Was ist mit dem Mini-Jet? Ist der versteckt geparkt?
- Automatisch unsichtbar nach Abstellen.
- Zu dem bei Dunkelheit. Wohl auch nachtflugtauglich?
- Willst du den Baron verspotten? Aber was wird aus Pawlo? Der Jet nur zweisitzig.
- Muss meinen Polizei-Kumpel instruieren. Soll ihn in U-Haft nehmen. Aber bei gutem Essen/Trinken. Befreien ihn später, wenn wir …
- Wenn wir uns umarmt haben? Und zwar richtig! Der Jet macht's möglich. Liegesitze und Selbststeuerung. Der Baron …
- Verstehe, ohne dich zu begreifen. Es hat nicht sollen sein …

- Elender Ethikkommissionär! Nietzsche hält Moral für lebensfeindlich. Strafst deine Romane Lügen. Den letzten leider nicht gelesen... Und dein geliebter Wittgenstein?
- War schwul. Im Roman bleibt alles romanleicht. Das reale Leben knausert eben. Bei mir keine Moralfrage.
- Statt Geilhans jetzt plötzlich Geizhals ...
- Willst mich durch diskutieren animieren?
- Mir wäre jedes Mittel recht. Dich auf menschenleere Insel entführen. Und warten, bis die Natur ...
- Dachte, du willst aus Liebe. Nicht aus Notgeilheit.
- Seit wann solche Worte? In deinen Romanen bisher nicht. Auch das biblische Wort Selbstbefleckung.
- Dann beflecke dich doch. Vielleicht vergeht dann deine Liebe.
- Mache ich doch. Hilft aber nichts. Warum ausgerechnet ich nicht?
- Will keine Kinder erzeugen. Für diese schrecklichste aller Welten. Du nimmst bestimmt keine Pille. Selbst die nicht absolut sicher. Wie alles andere. Du würdest es behalten wollen. Aus eben dieser „Liebe". Meine Romangeschöpfe dagegen eher flexibel. Amen. Ende des Herumgebetes.
- Fliegen wir also. Die Klügere gibt nach. Obwohl die Dümmere redensartig besser ...

**Heiliger Bimbam. Autor bloß nicht selbst notgeil. Schlägt jede Pietät ins Bodenlose. Holbein bleibe bei deinen Edelleisten. Onansgeschoss bisher ein lobenswertes No-Go. Denk an deine Leserinnen!**

*Aber die doch auch Adepten. Hier knausert das Leben nicht. Holbeins Rückblick überrascht mit Gegenwart. ChatGPT lebt kaum von Prüderie. Wer sich nicht selbst befleckt …Wird nicht automatisch Saubermannfrau.*

Schön, nicht weiter auszuufern. Bei „Dümmere" das F-Wort vermeidend. Im Ganzen aber zu plappernd. Eher peinliche Dialoge. Viel zu viel Kinderkram . Fehlt nur noch Safer Sex.

*Schreibe doch: nicht absolut sicher.*
*Übertreiben macht anschaulich. Autor nicht als Schnell-schussbanause tadeln. Muss schließlich auch die Seiten füllen. Besonders bei einem Romanroman. Nicht immer Würze in Kürze.*

6.


Im Hightech-Jet zurück zum Baron.
Glücklicherweise kein Zurück der Liegesitze. Denn der
Computer-Monitor meldet Besuch:
Zwei Suchoi Su-57.
Russische Tarnkappen-Mehrzweckjäger. Können das
Bord-Radar nicht überlisten.
Katharina bleibt absolut cool.
- Gut, dass wir nicht … Hätten uns nackt sehen können.
Holbein findet es weniger lustig:
- Du hast Nerven! Und jetzt?
- Ethikkommissionär, ich hör dich trapsen. Schon wieder
im Zweifelmodus? Aber hier gilt der/die Stärkere. Und
eine sichere Notwehrsituation. Ich stelle die Doppelka-
none scharf. Sie kommen von beiden Seiten. Und müssen
gleichzeitig dran glauben. Sonst übt der andere Rache…
- Du kennst dich aus, Terroristentussi! Gute Ausbilder
gehabt?
- Habe das Handbuch akribisch studiert. Auf dem Hin-
flug voller Bangen…Pawlo mein großer Lehrer.
- Auch im Bett?
- Hättest du ja erfahren können…
Knall! Knall! Wie beim doppelten Schallmauerdurch-
bruch.
Zur Rechten wie zur Linken. Sieht man/frau einen Tarn-
kappenjäger heruntersinken.
Holbein kann nur staunend stammeln: „Quelle femme!"

Und gleich darauf: „Quel tempérament!"

Könnte das ihn umstimmen? Oder seine Neugier?

Gutes Wort: Gier nach Neuem.

Einen Holbein doch nicht. Der trennt Frauenpower von Männersex. Aber nicht sehr lange. Da wird's dem Profiler schummrig.

(„Der schnelle Abfall des Sauerstoffdrucks. Führt zur Unterversorgung des Gehirns. Diese erschwert zielgerichtetes Handeln. In Passagierflugzeugen fallen Sauerstoffmasken runter. Schützen davor, bewusstlos zu werden." Wiki.)

Hier fällt jedoch nur eine. Für die Pilotin.

Warum für Holbein keine?

Erschwert ihm „zielgerichtetes Handeln". Kann sich nicht mehr wehren. Erst recht nicht beim Liegesitzkippen. Und automatischem Fixieren durch Gurtsystem. Aus reinen Sicherungserwägungen. („Werden lediglich einzelne Gliedmaßen befestigt. Spricht man von einer Teilfixierung." Auch Wiki.)

Davon ist hier natürlich auszugehen.

Die Pilotin kompensiert den Sauerstoffdruckabfall. Durch wohldosierten Sturzflug. Bis zum notwendigen Atmungslimit.

Dann hat sie leichtes Spiel…


**Ach du liebe Zeit! Das hat gerade noch gefehlt: Hightech-Vergewaltigung eines Mannes durch Frau. Wie auch immer möglich. Erschwert durch**

**Sauerstoffentzug. Erleichtert durch Fixierung einzelner Gliedmaßen. Das walte Liebesgott Amor…**

*Was heißt hier Vergewaltigung? Laut Text nur leichtes Spiel! Kein Wort von libidinöser Gewalt. Vielleicht weibliche Machtdemonstration # MeToo. Oder irrealer Liebesvollzug. Besser noch: Verdrängung.* („Schmerzliche, unangenehme Gedanken und Wünsche. Aus dem Bewusstsein zu verbannen. Auszublenden und ins Unbewusste abzuschieben". Wiki.)
*Der gute Freud lässt grüßen …*

7.


Der gefesselte Profiler als Prometheus.
Erwacht aus seiner Kurznarkose. Immer noch bewegungsunfähig.
 - Was blüht mir jetzt denn? Machtmissbrauch oder Überführung in Psychiatrie?
 - Weder noch. Liebesmissbrauch, wenn es den gibt? Leider nein. Wegen Unlösbarkeit des breiten Mittelgurtes. Geschlossene Anstalt bleibt eine Möglichkeit.
 - Warum dann mein Flachlegen?
 - Luftdruckabfall nach synchronem Doppelschuss. Normalerweise nicht vorgesehen vom Erbauer.
 - Und keine Sauerstoffmaske, wie du?
 - Kollateralschaden. Rettete dich durch Sturzflug. Und der Erbauer durch Liegefixierung.
 - Dann mach mich endlich los.
Das tut sie. Beginnt mit dem festsitzenden Mittelgurt. Dabei lässt sie sich Zeit. Das Hantieren massiert „einzelne befestigte Gliedmaßen". (Siehe obige Ausführungen von Wiki.)
Unklar, ob mit Absicht. Und wie Holbein das sieht. Jedenfalls reagieren die Abgeschnürten prompt. Auf die unbehinderte Blutzufuhr...
Katharina scheint es nicht bemerkenswert. Spielt die Unschuld vom Wunderjet.
 - Endlich. Dachte schon, du würdest ...
 - Erzwungene Liebe hat kurze Schenkel.

- Gute Literatur dagegen lange Beine.
Wie von Zauberhand die Reaktion.
Richtet sich langsam wieder auf. Der gekippte Liegesitz
ohne Fixierung. Mit ihm der ausgetrickste Autor. Das
wäre auch ihm eingefallen. Könnte jedoch Holbein missfallen haben. Und manchen Lesenden…

**Mir geht der lächerliche Hickhack. Mit Sicherheit
auf die Kekse. So viel Übertreibung macht Gähnen.
Abartiges Tänzeln um heißen Brei. Oh mei, oh mei!
Was plant der Autor noch?**

*Ein kleines Zwischenspiel, auch Intermezzo. : Einschub
oder Überleitung im Musikalischen. Ganz besonders in
Opern. Auflockernd und Zeit zum Durchatmen.*

**Besonders in deiner Seifenoper. Die du endgültig
ausufern lässt. Egal wohin die Reise geht.**

*Auf, auf, sprach der Fuchs. Zum Hasen, hörst du nicht?
Des Holbeins Phrasen?
Lachen, die's bisher nicht taten.*

8.

Über den Wolken Sonne grenzenlos.
Nicht so die Freiheit.
Der Autor verflacht seinen Holbein. Der war bisher immer sakrosankt.
Plötzlich von sehr jungem Geschöpf. Auf die schiefe Bahn gebracht. Der Impotenz ausgesetzt. Wenn auch nur kurzfristig. Rufmord lauert versteckt im Text.
Dem allen Einhalt gebieten? Zu viel für einen Memoirenschreiber. Wird die Schlappe ausmerzen wollen.
Aber wie…?
Holbein bläst zum Gegenangriff:
- Wohin des Fluges? Zur Psychiatrie?
- Spinnst du? In die Freiheit. Muss allerdings den Jet zurückbringen.
- Dann setz mich vorher ab. Will nicht zurückkehren. In mein altes Leben. Das ist stilistisch ausgelebt. Und gleich im Voraus: Will Single bleiben ohne dich.
- Wer nicht will, hat schon …
- Von wegen! Habe eben nicht. Will auch nicht. Werde dich nie haben wollen. Basta!
- Wohin darf ich Eure Hoheit …
- Ins Irgendwo, gleich neben Nirgendwo.
Sie leitet den Sinkflug ein. Ohne weitere Widerrede.
Holbein beobachtet sie haargenau. Will nicht wieder in Liegeposition. Doch die Senkrechtlandung verläuft komplikationslos. Und ohne jede weitere Sentimentalität.

Nur ein verschämtes Lächeln:
- À dieux …
Und ohne jedes Zurücklächeln:
- Bis „*Sankt Nimmerlein* …
Senkrechtstart und dann das Düsendröhnen.
Da wird keine Träne nachgeweint.
Holbein startet ins neue Leben.
Es beginnt im Irgendwo.
„Autor bricht alle Brücken ab." So die Boulevardpresse
reißerisch. Statt Interview „Kein Kommentar!"
Sein Verleger meint schöpferische Pause. Aber er verlegt
sich selbst. Weiß es somit besser:
Generalpause mit ewiger Fermate. 𝄐.

**Jetzt aber mal halblang! Ein Ende mit musikalischem Aushaltezeichen? Damit kommst du nicht durch. Bei allen, die dich lesen. Vielleicht eine ausgedehnte Schreibblockade. Das kann passieren. Aber …**

*Holbein startet ins neue Leben. Er ist ja nicht tot. Weiß nur noch nicht Weiteres. Lässt es auf sich zukommen. Ob er darüber schreibt? Noch ungewiss. Auch, ob Kaviar und Marc. Einen Neustart erfahren dürfen. Erst recht nicht, ob Sex …*

# TEIL VIII

1.

Der Schriftsteller als Zauberer.
Fügt sich seinem eigenen Gedankenstrich. –
„Die beste aller möglichen Welten". Hier irrt der große
Leibnitz. Der Philosoph, nicht der Keks.
Holbein entdeckt nichts Bestes. Weltweit nur Kriege,
Totschläge, Mord. Über 600.000 Tote im Ukrainekrieg.
Darunter Zivilisten, Familien und Kinder. Mehr als
24.000 verhungern *täglich*. Oh gütiger Gott!
Auf diesem tödlich-dünnem Eis leben? Ein neues Leben
beginnen. Schlimmer als auf Sand gebaut. Verrohung der
Sitten und Gebräuche. Strafunmündige Kinder morden
einfach drauflos... – – – ...So viele Gedankenstriche
nicht denkbar.
Holbein beantwortet zunächst die Marc-Frage: Es gibt
ein Leben ohne. Aber sinnlos.
Zweite Frage: Kaviar? Beschämend ob der Welthunger-
hilfe. Aber als Seelenlebensmittel unersetzlich.
Dritte: Sex? Darüber wird die Enthaltsamkeit entscheiden. Wie dünn das Eis wirklich.
Holbein steht am neuen Weiher. Schreibt für sich ganz
leis: „Ich will es einmal wagen. Das Eis, es muss doch –
tragen – wer weiß, ob wirklich Weibliches..."
Vierte: wieder schreiben, offenbar.
Bloß kein Rückfall ins Alte. Dass es dich eiskalt erwischt. Zieh dich unbedingt warm an. Der weiße Flamin-

go friert einbeinig. Entflieht der Kälte gen Süden. In ein warmes Paradies.

Holbein beißt in den Apfel. Noch aus früheren Zeiten. Endgültige Vertreibung aus altem Paradies/Leben.

Er vertreibt sich selbst. Erschafft sein Neues. Als alleiniger Gott ohne Sündenfall.

Darf sich ein Selbstbildnis machen. Bildnis von sich als Gott. Ein Selfie mit dem Weißflamingo. In den er sich verwandelt. Wie Zeus zum Leda Schwängern. Bloß ohne Schwängern, höchstens Begatten. Wenn überhaupt. Zum Glück keinerlei Leda da. Auch nicht aus Rippe gedruckt. Holbein schneidet sich doch nicht. Ins eigene Brustfleisch.

Außerdem Kontakt zu ChatGPT abgebrochen. KI abgeschworen bis zum Gehtnichtmehr.

Die ungekünstelte Intelligenz Trumpf.

Alleine zurechtkommen die Devise.

Holbein muss an Pawlo denken. Hat ihn schmählich zurückgelassen. Hätte ihn nicht mitnehmen können. Kein Platz im neuen Leben. Aber Pawlo wird durchkommen. Allein aus eigener Kraft. Problematisch nur seine Verfolger. Jetzt sinnen SIE auf Holbein-Regizid. Um die Schlappe auszumerzen.

Aber der König lebt. Im neuen Lande. Vive le roi Holbein! Der Zauberer! Der sich selbst unsichtbar macht. Zumindest als Mensch. Und wer sucht schon Weißflamingos?

## 2.

Weißflamingo im Schwarm der Rosaflamingos.
Primus inter pares. Aber kaum zu entdecken. Perfekt
getarnt in lauter Rosa.
Die reinweiße Farbe ausschließlich Jugendprivileg. Nur
für 1 – 3 Jahre. Holbein deshalb noch besser geschützt.
Denn längst kein Jüngling mehr. (Ach wie bald, ach
wie... Schwinden Schönheit und Gestalt.) Ausnahmswei-
se von Vorteil das Jugendschwinden. Verminderung der
Schönheit schade. Aber zu verkraften. Gegen Verunstal-
ten hilft Gestalttherapie. Jedenfalls suchen SIE keinen
Jungspund.
Ex-Profiler also in relativer Sicherheit. Und bei relativer
lokaler Autonomie. (Immanuel Kant.)
Andere Worte: ihm kann keiner ... Sein Reich komme.
Sein Wille geschehe.
In noch anderen Worten:
Holbein als solcher.
Übernimmt nur wirklich wichtige Literatursätze. Zum
Beispiel Schriftsteller Albrecht Fabri:
„Eindruck mache ich meinem Kopfkissen".
Ein eindrucksvoller 5-Worte Satz. Ersetzt einen ganzen
Podcast über: Warum schreiben eigentlich Schriftsteller?
Oder Wichtigkeit des ersten Satzes.
Bestimmt angeblich den ganzen Roman.
Da lobt Holbein sich Beckett. Murphy:

„The sun shone, having no alternative, on the nothing new". („Die Sonne schien, da sie keine Wahl hatte, auf nichts Neues".)

Und der große Gottfried Benn. „Sich abfinden und gelegentlich auf Wasser sehen". Und in Eure Etüden: „Das Krächzen der Raben ist auch ein Stück – dumm sein und Arbeit haben: das ist das Glück". Oder: „ Die Wahrheit, Lebenswerk, 500 Seiten – so lang kann die Wahrheit doch nicht sein."

Bescheidener dagegen Holbeins erster Satz:

„Dilemma schon vor der Geburt". (Der vorliegende Romanroman).

So auch sein ganzes 5-Satzprogramm. (Einzige Ausnahme die obigen Zitate.)

Und außer der Weltliteratur sonst?

Frauen in Holbeins neuer Welt:

Konglomerat aus seinen vielen Vorgeschöpfen. Aus den Gerüchen wie Süskinds Parfüm. Und aus den tatsächlichen Umarmungen. Hoch konzentrierte Extrakte par excellence. Hergestellt durch Zerkleinerung und Lösungsmittel. Als Lösungsmittel fungiert Holbeins Phantasie. Unterstützt durch das alte Zutatengemisch: Marc, Kaviar und Champagner, vom Feinsten. Zu genießen als Bio Smoothie …

Bleibt Holbeins Treu und Redlichkeit?

Bisher allen seinen Geschöpfen gewogen. Konnte sie jederzeit wieder umarmen. Seine Liebestechnik ausgefeilt, aber optimierbar. Lernte zu spät aus Pornos. Modi und Routine-Funktionen voll auszuschöpfen.

Mal abgesehen von jeder Ethikkommission. Es den Damen unbedingt richtigmachen. Als Konglomerate einfach kommen lassen…

Muss nicht beim Smoothie bleiben. Könnte doch wirklich vielversprechend werden.

3.

Immer der romanhaften Reihe nach.

Zunächst das Selfie mit Leda. Konglomerat griechischer Mythologie und Königsgattin.

Name kretisches Wort für „Frau". Leda/Lada im englischen als „Lady". Gesetzliche Bezeichnung für Barons-Ehefrau/Witwe. Entspricht der deutschen „Prinzessin". (Prinzessin Diana – Lady Di.)

Bisher keine Prinzessin in Holbeinromanen. Vielversprechende Chance für seinen Neubeginn.

Also Hofknicks vor Prinzessin Leda? Männlich genügt eine galante Verbeugung. Aber können sich Flamingos verbeugen?

Bestenfalls vorbeugen beim kopfüber Fressen. Beim Schnabelschwingen durchs Wasser.

Da wird Holbein üben müssen.

Mal sehen, wie er vorgeht. Denn Leda wartet ja schon.

Gibt es bei Vögeln Vorspiele?

Und ob, die Balz.

Flamingos balzen „mit schnellen Tanzschritten. Halsdrehen ruckartig hin und her. Öffnen kurz ihre Flügel. Verbeugen sich und putzen sich …" (Wiki).

Also doch verbeugen!

Holbein bevorzugt das galante Schnabelschwingen.

Früher auch Wildschnäbeln genannt. Wie Menschen sich leidenschaftlich küssen. (Zungenkuss, Beischlaf ähnliche sexuelle Handlung. Wiki, op. cit.)

Führt oft bereits zu Hautrötungen. Zartes Rosarot wie bei Flamingos. Jetzt auf Ledas nacktem Körper. Nur kaum verdeckt vom Vogelgefieder. Großschnabel auf Kussmündchen. Langer Hals zwischen ihren Schenkeln...
Falls deine Phantasie Hilfe braucht:
Vergleiche den aufreizenden Rubensakt. Ersetze Schwan durch Flamingo.

Und folge dem Text Hoyers.
Zitat:
„In der erotischen Darstellung sehen wir Leda in einer innigen Verschlungenheit mit dem Schwan, ihre Köpfe sind einander zugeneigt; während sich ihr dem Betrachter zugewandter Schenkel lustvoll bebend nach oben zieht, den Schwan näher heranzuziehen scheint, hängt ihr angewinkelter linker Arm lasziv herab. Ihr rechter Arm ist überkreuzt über den Körper geführt, sodass Zeus als

Schwan seinen Hals verdreht darunter entlangführen muss, um ihren Mund zu erreichen. Ein meisterhafter Moment der Körpertorsion. So werden wir zu Voyeuristen eines intimen Moments, der durch das herabgepresste Gefieder des Schwans an Ledas Scham noch sexueller aufgeladen wird." (Tony Hoyer, Peter Paul Rubens – Leda und der Schwan. Kunstkopie Wiki op. cit.)

Na?
Holbein entzieht sich der Szenenbeschreibung. Überlässt sie verschämt einem Kollegen. Gewissermaßen aus der bildlichen Mauerschau. Will nicht mehr sexy prahlen.
Nicht ausführlich delikate Intimdetails ausbreiten. „Bescheidet" sich im virtuellen Lusttraum.
Vielleicht ein Albtraum für Ex-Lesende…

**4.**

Holbein bleibt Freund schöner Künste.
Liebt die Kussskulptur von Rodin. Hätte sie auch abbilden können. Als Beweis für beischlafähnliche Handlung. (Wie oben mit Wiki beschrieben.) Aber zu viel der Phantasieeinengung.
Kein Zufall die zahllosen Akte. Alle bildenden Künstler erschaffen sie. Nur die Feigen benutzen Blätter. Der Mutigste Gustave Courbet: L'Origine du Monde. Wüstes Schamhaar und Vulva pur.
In Wirklichkeit macht Teilverhüllen erotischer. Selbst natürliche Schambehaarung wieder trendy.
Aktdarstellungen = #MeToo gegen Prüderie. Die Künstler gehen geschickt vor. Halten sich Modelle zum Abzeichnen. Die müssen sich ausziehen. Also aus rein künstlerischen Gründen. Dann Nützliches mit Praktischem verbindend: Schlafen sie mit ihren Ausziehbildern.
Steinzeitmenschen verewigten Tiere in Höhlenzeichnungen. Niemals jedoch nackte Frauen. Die gab es im Überfluss. Jagd zur Nahrungsbeschaffung hatte Vorrang. Sie zeichneten sich das Erträumte.
Wie der Kleine Prinz verlangte: „Zeichne mir ein Schaf." Natürlich nicht zum Essen gemalt.
Alles in allem lauert Verlogenheit. Wenn man/frau mal genau hinsieht. Und das tut wirklich not. Auch bei der griechischen Mythologie. Wie konnte Zeus Leda

schwängern? Doch bestimmt nicht als Vogel. Wenn auch das Wort ähnelt. Ursprünglich „vogelin" Mittelhochdeutsch: „Hühnerbegattung". Zeus musste sich demnach zurückverwandeln. Um Frau Leda zu vögeln. Und so Helena zu zeugen. Noch absurder ihre Ei-Geburt. Hätte sich Leda verwandeln müssen. Auch in einen Wasservogel.

Tatsächlich nur Symbolik des Tierischen. Schon beschriebene weibliche Lustvorstellung: Es mit langhalsigen Flamingos treiben. (Flamingos auch durch Schwäne ersetzen.)

Verlogenheit überall in der Bibel. Mit wem zeugte Gott Jesus? Seinen eingeborenen Sohn? Warum der immer nackt gekreuzigt?

Keines Feiglings Kunstwerk Michelangelos Fresken: Malt den nackten Hintern Gottes! In der Sixtinischen Kapelle…

Das traut sich keiner sonst. Weiß Gott!

5.


Holbein entzieht sich weiteren Nacktgedanken.

Greift unbekümmert zum Lösungsmittel Bio-Smoothie.

Wobei er den Marc überdosiert. In der Hoffnung auf starke Nacktextrakte.

Und siehe da, ihm gelingt's: Die Wiedergeburt der kaviarschaumgeborenen Venus.

Lässt sie auf sich zukommen. Schlürft sie aus ihrer Muschel. Wie ein ausgehungerter Austernfischer. Bei lebendigem Leibe.

Was meint Gourmet Holbein damit? Eine lebende Auster im Zitronentest. Die zuckt und sich zusammenzieht. Und so genießbare Frische garantiert...

Oder den lebendigen Leib Aphrodites? Noch salzig nass vom Meerbaden. Oder kommt das vom Malossol?

Umarmt sie in kühner Erwartung. Ungewiss, ob biblisch oder holbeinig...

Doch der Szenenschöpfer entscheidet natürlich.

Und natürlich gewinnt das Natürliche ...

Nomen est omen. „Aphrodisiakum" verbunden mit ihrem Namen. Wirkstoff zur Belebung/Steigerung der Libido.

(Wirkt spezifisch reizend und anregend. Auf das sexuelle Lustempfinden. Manchmal auch auf die Geschlechtsorgane. Austern wohl populärster natürlicher Libido-Booster. Wiki, op. cit.)

Holbein nennt Leda fortan Libida.

Vielleicht verwandelt er sich auch. Erneut in den weißen Flamingo.

Ob er ihr diesen macht?

Darüber schweigt des Flugsängers Höflichkeit. Konsens bei Vögeln. Oder geht klaglos unter. Im Krächzen und Flamingo Rufen.

„Auch ein Stück" Wie bei Gottfried Benns Raben. Siehe oben.

„Das ist das Glück" ...

6.


Vom satten Glück nur träumen.

Sich von eigenen Obsessionen kurzerhand verabschieden. Den Mainstream konsequent missachten. Können dich mal am/im Arsche. Wie Goethes Faust verlangt.

Da fragt der Spötter grinsend: „Reinigend oder erotisch?" Mental natürlich.

Holbein denkt vor sich hin. Nicht mehr final. Profiler nur für den Eigengebrauch. Wenn denn Eigenbedarf vorliegen sollte.

Die Nahrungsaufnahme zweitrangig. Egal vegan oder vegetarisch-flexibel. Libida wird wohl Flexitarierin sein.

So wie Schwäne und Flamingos. Letztere lieben besonders kleine Krebse. Damit sie später rosa werden.

Holbein sagt ja zu Großkrebsen. Vorliebe für die Helgoländer Hummer.

Ob Libida Kaviar mag? Bestimmt von Geburt an. Falls nicht, isst Holbein allein. Doch nicht mit Tränen. (Wie in Goethes gleichnamigem Gedicht. „Wer nie sein Brot mit Tränen aß …". In diesem Zusammenhang mag interessieren: Schrieb auch eins an Lida! „Den einzigen, Lida, welchen du lieben kannst, forderst du ganz für dich und mit Recht. Auch ist er einzig dein …". Ersetze Lida durch Libida)

Holbein isst Kaviar mit Blinis. Notfalls mit Brot oder ohne. Pur die Lust am Leben. (Geier Sturzflug – Flamingo Gleitflug.)

Vieles schmeckt gemeinsam besser. Vorliebe – siehe oben – zum Danach.

Dabei spielt Alkohol große Rolle. Schon die Römer frönten Trinkgelagen. Genannt „comissationes", meist im Liegen.

Entspricht Holbeins Vorliebe zum Danach. Siehe oben.

Im Liegen die ideale Ausgangslage. Das Praktische mit dem Angenehmen. Gibt Marc und Champagner Lebensberechtigung. Allerdings zur Klischee Vermeidung reduziert.

Doch wie bei der Prohibition: Gut getarnt heimlich weiterpraktiziert.

Adelt das den neuen Holbein?

7.


Essen trinken schlafen – auch bei-.
Schon ausführlich bearbeitet.
Und das Schreiben? Siehe Profiler für Eigenbedarf.
Holbein skizziert wohl nur noch. L'art pour l'art. Kein
Gedanke mehr an Publizieren. Nicht mal „on Demand".
Skizzen ausschließlich für sich. Also die pure Lust am
Schreiben. Notfalls noch für fünf Versteher.
Außenstehende tippen auf Midlife-Crisis.
Holbein schüttelt mit dem Kopf:
- Mais non! (Klingt auf Deutsch wie: Meno.) Wie das
Präfix von Menopause. Für die weiblichen Wechseljahre.
Pause ja, Meno nein. Pause nicht von Hormonen getrig-
gert. Sondern durch weiß-weise Selbsterkenntnis. Selbst-
verwandlung in den weißen Flamingo.
Midlife ja, Crisis nein. Auf jeden Fall keine Krise. Sicht-
bar am reinen Überfluss: Kaviar, Austern, Hummer und
Champagner. Heute ja verdammt teuer. Nicht zu prahlen
vom Marc-de-Bourgogne.
Geschweige denn von lieblicher Libida. Überfluss pur.
Vor Lust schäumend, das gilt.
Davon träumen Midlife-Crisis-Betroffene nur.
Doch Holbein kann Libida umarmen. In welchem Sinne
auch immer. Und so oft er will.
Kann sie auch haargenau skizzieren.
Das wird er gegebenenfalls tun.

Natürlich als Künstler völlig nackt. Sie natürlich, nicht er. Oder nur ganz selten. Ihre Haupthaarfarbe blond, unten nichts. Haargenauer: Labien der Libida völlig unbewachsen. Zum Glück Libida selbst erwachsen. – Schon längst 19 und älter! Mindestens plus 6 Monate. Darauf achtet der Autor streng.

Sonst Verdacht auf Kinderporno. Und heute schnell der Staatsanwalt. Balken im Auge des Betrachters. So auch bei Courbet. #MeToo lässt grüßen.

Wie war das denn früher?

Holbein muss selbst erst googeln:

„Bereits im alten Ägypten. Entfernten sich Frauen die Schamhaare. Meist aus ästhetischen Gründen. Sie verwendeten Harze, Pech, Pflanzenextrakte. Um die Epilation zu erleichtern. Auch auf griechischen Vasenmalereien. Werden Menschen meist nackt dargestellt. Bis auf das Haupthaar unbehaart." (Wiki).

Doch wissenswert, oder? Zumal Courbet heute im Kommen. Frauen lassen es wieder sprießen. Hauptsache sie kommen.

Tempora mutantur, nos et mutamur in illis.

Alte lateinische Plattitüde:

Die Zeiten ändern sich, und wir ändern uns in ihnen.

Kommen oder Nichtkommen. Keine Frage.

8.

Und Holbeins alte Verfolger?

„Haben Sie Feinde?" Frage sinnlos geworden.

Da müsste er solche erfinden. Gruselfiguren in seinem Phantasialand. Virtuelle Schreckgespenste, KI gesteuert. Heute allerdings kastriert durch Messerverbot.

Ein Leben ohne Bedrohung wünschenswert?

Da muss der Krimiautor tierisch grinsen. Sein Dasein wäre brotlose Kunst.

Holbein verzichtete wenigstens auf Leichen. Von Hause aus kein Abenteurer. Erfand Kriminelles für die Lesergemeinde. Liebesabenteuer ausgenommen.

Schöpfte dabei aus seinem Fundus. Ganz besonders die liebeshungrigen „Geschöpfe". Wobei seine Phantasie oftmals ausuferte. Wie Zeus einst Leda vergötterte.

Holbein selbst nie Schwan ähnlich. Deshalb bettelte auch keine: „Mach mir den Zeus!"

Viel Feind, viel Ehr. Veraltete Weisheit für arme Einsame. Holbein eher ehrfürchtig. Fürchtet die Ehre als Ruhm. Inbegriff aller Missverständnisse nach Rodin.

Deshalb braucht er keine Feinde. Fühlt sich sicher als Flamingo. Flamingos haben kaum Feinde. In einer ihrer riesigen Kolonien. Wurden bis zu einer Million gesichtet.

Normalerweise gibt es einen Anführer. Der entscheidet, wohin sie gehen. Wann und wo sie essen…

Das entscheidet Holbein ganz allein. Ohne Schwarmintelligenz, einfach autark. Nach eigener Speisekarte. Allein oder mit anderen? Meistens essen die Augen mit. Gelten aber nicht als Mitesser.

Kann zwar ein Auge zudrücken. Bei Tisch Mitesser nicht ausdrücken. Ohne Feinde also wenig Ärger. Kann sich deshalb nicht schwarzärgern. Bestimmt nicht als weißer Flamingo. Schlimmstenfalls rosa anlaufen. Wäre aber nicht wirklich arg. Gravierender der Komparativ: „ärger". Zugleich als Substantiv „Ärger". Ganz zu schweigen vom Superlativ: „Ärgernisse"! Die lässt Holbein außen vor. Wie seine Idiosynkrasie gegen „*Hor*nisse".

Wortspielereien machen Lust auf Überdenken.

Spielchen auch mit neuer Protagonistin. Nahm sie auf seinen Schoß. Nicht auf den Arm. Den reservierte er für Umarmung. Im wörtlichen Sinne. Erst später im mütterlichen. Schuf sie nach einem Bilde. Nicht nach *seinem,* gottbewahre.

Fand ein uraltes Foto. Von einer gewissen Cicciolina. (Ilona Staller). Ungarisch-italienische Politikerin, ehemals Pornodarstellerin. Zeigte öffentlich ihre entblößten Brüste. Und gelegentlich mehr aus Protest. Gegen Nuklearenergie und Menschenrechte. Ihr privates Credo: „Erotik, der Sinn des Lebens. In Aktzeichnungen ihr unbehaartes Untenherum. Entsetzte das damalige Bürgertum.

Nicht so Holbein, den Neuen. Stattete Libida nach ihr aus. (Siehe weiter oben.)

Damals griff der Staatsanwalt ein. Fünf Monate Gefängnis auf Bewährung.

9.

„Du wiederholst dich…"
Hätte ChatGPT vor Zeiten gerügt.
Jetzt Holbein immun gegen KI.
Wiederholt so oft er will. Bisher wiederholte sich das
Liebesleben. In allen seiner Romane. Laut Literaturge-
setz, wonach er angetreten.
Setzte es selbst außer Kraft. Nach eigenem Gutdünken.
Nun wiederholt er täglich Erinnerungen. Die Guten ins
Köpfchen. Die Schlechten ins Nirwana-Töpfchen.
Quatsch, die Vergangenheit ruhen lassen. Die Gegenwart
bietet oft Minderwertigeres. Berühmtes Beispiel: der ers-
te Kuss. Da erinnert sich mancher gern. Auch an den
ersten Coitus. Mancher weniger gern.
Beim späteren Spiegelblick so ähnlich. Man/frau bleibt
gefühlsmäßig immer jünger. Intern immer jung, ewige
Jugend. Das Innere nach außen wenden. Wenn es denn
ginge.
Apropos „jünger": mit riesigen Vorurteilen. Jugendlich-
keit oft unterschätzt. „Nur mit jungen Frauen können".
Vorwurf verschmähter Altjungfern. Selbst die bevorzu-
gen heute Junggigolos.
Die das Altwerden bejubeln, lügen. In Talkshowrückbli-
cken verstört eigene Vergänglichkeit. Gegen Verhässli-
chung hilft keine Euphorie.
Holbeins Selbsterkenntnis beim Spiegelblick:
„Was du nicht willst, das …"

Aber fügt er nicht selbst? Sich der jugendfrischen Libida zu?

Da grinst der Schlaufuchs wieder.

Nein! Gab ihr vorsorglich das Vaterkomplex-Gen. Mit auf den Weg. Steht folglich auf ältere Männer.

(Wissenschaftlich „Elektrakomplex", Gegenstück zum „Ödipuskomplex")

Holbein findet sich außerdem zumutbar. Noch wenigstens. Was nichts heißen will. Weil Selbsterkenntnis oft trügt.

Doch der weiße Flamingo unschlagbar. Den lehnt keine ab. Selbst wenn das Weiß changiert. Zum sanften Rosa.

Wirkt positiv auf die Psyche. Besänftigt Aggressionen und Gewalt.

So auch die Rose. Für Rilke „reiner Widerspruch. Lust, niemandes Schlaf zu sein. Unter soviel Lidern."

Holbeins Schlaf unter zwei Lidern. Dem Seinen gibt's der Herr.

Manchmal auch unter vier Lidern. Wie unter Flamingo Federn. Wenn er unter Libida schläft.

Wohlgemerkt Lider ohne „ie". Lieder singt sie beim Lieben. Oft sogar mit Crescendo, anschwellend. (Schon erwähnt.) Weiß schon der Volksmund: „Wo so gesungen wird. Da leg dich nieder!

# TEIL IX

1.


Was bleibt Holbein noch übrig?
Sich offene Wünsche zu erfüllen? Und wenn ja, welche?
Etwa der bisher unerfüllte Profiler-Traum:
Wenigstens einen Tag Frau sein.
Denken und empfinden wie sie. Einmal ausschließlich
Weibliches erfühlen. Wie das ist, wenn frau …
Vor allem während der Umarmung.
Psychologie und Soziologie wenig hilfreich. Genau wie
die gesamte Ratgeberliteratur.
„Die geheimsten Wünsche der Frauen…"
Meistens nur Andeutungen der Befragten. Bestenfalls
Vorlieben beim Sex.
Wichtiges Kompendium: das Kamasutra. Lehrbuch der
indischen Liebeskunst. Berühmt wegen der 400 Sex-
Stellungen. Manchem zu viel des Guten. Und zu viel an
Sex-Akrobatik.
Aber Liebeskunst-Autor Vatsyayana verunsichert auch:
Die Psyche der Frau „unentschlossen". Ihr sexuelles
Verhalten. Selbst von Kennern. Nicht leicht zu verstehen.
Holbein versucht es trotzdem.
Er weiß um den Erotikfilm. Im Kopf der leidenschaftlich
Umarmten. Szenenbilder oft unabhängig vom Umarmen-
den. Der Mann darf niemals stören. Wenn es  darauf zu-
geht. Durch ständig weiteres Liebesgesäusel.
Dann droht die herbe Abfuhr: „Halt die Klappe!" Sie will
in Ruhe genießen. So laut es auch zugeht.

Die Bilder dieses geheimen Kopfkinos. Bleiben eben geheim. Trotzen jeder Befragung. Wie auch der Zauberer schweigt. Auf seine Tricks angesprochen. So überlebt das geheimnisvolle Ewig-Weibliche.

Muss das der Profiler akzeptieren?

Wäre doch verdammt gelacht. Holbein versucht sich an Libida. Seinem ureigenen Geschöpf.

Er kennt jedes ihrer Zahnrädchen. Wie ein Uhrmacher das Ankerwerk. Darin wichtigster Antriebsmechanismus die „Unruh".

Um die geht es doch. Die der Umarmende gehörig auslöst. Wollust-Quelle dabei das „Federhaus". Sogenannt bei der besagten Uhr. Ein flacher hohler Zylinder. Mit einer antreibenden Außenverzahnung …

Ein Zylinder also. Chapeau! Oder gar Chapeau Claque?

Springt so ganz automatisch auf. Wenn mit der flachen Hand. Auf die Hutkrempe geschlagen wird.

Krempe in diesem Fall die Lustknospe.

Na bitte!

Mach mir den Chapeau Claque!

2.


Libida lässt sich nicht bitten.

Folgt dem Gesetz ihres Schöpfers. Der wohldurchdachten Programmierung ihrer Umarmungskompetenz.

Holbein hat einen Gedankenscanner eingebaut. Um Einblick zu nehmen. In die Tiefen ihres Kopfkinos. Für das er selbst weitgehend verantwortlich. Jedoch nicht für alle Details. Gab ihr erotische Gedankenfreiheit.

Das Filmdrehbuch blättert sich auf. Entblättert ein Blütenblatt nach anderem. Wie beim bekannten Spiel: „…liebt mich, liebt mich nicht…". Vorwiegend mit der Margerite.

Holbein beobachtet den Gedankenscanner. Auf einem versteckten Monitor. Mit Tonaufnahme. Unsichtbar für Libida.

Jedes Blütenblatt entfacht neue Lustsplitter. Aus dem Reich der Träume. Dynamischer werdende Artikulationen und Vokale. Mit verstärkend angelehntem „h" .

Ah! Ah! Oh! Oh!. Auf dem Monitor einladende Blütenwiesen. Gehen über in roten Tennissand. Roland Garros-Atmosphäre ohne Netz. Aber mit doppeltem Boden. Weich zum Liegen.

Drei schwarze Prinzen auf Schimmeln. Reiten ein statt der Tennisspieler. Prinzen nackt auf nackten Pferden. Sitzen ab als Exhibitionisten. Bilden Halbkreis um die verlockende Libida. Im sehr knappem Tennisröckchen.

Darunter lasziv ihre petite culotte. Ihr intimes Höschen lässt bitten.

Die Artikulationen werden deutlich lauter.

Wie lautes Stöhnen der Tennisspielerin: Michelle Larcher de Brito. Vor Jahren bei jedem Schlag. Damals gemessen bis 109 Dezibel!

Das Monitorbild zittert bereits.

Jetzt hebt Libida ihren Schläger. Ähnlich der Peitsche des Pferdedresseurs. In der Manege des Zirkus. Damit motiviert sie die Schimmelhengste. Zur Erhebung auf die Hinterhand. Wie vor einer rossigen Stute. Die Hengste schachten aus. Zeigen ihre beneidenswerte Männlichkeit. Nähern sich in imponierenden Courbette-Sprüngen. Die riesigen Phalli schwingen taktmäßig.

Libida verharrt mit schmachtend-verzücktem Blick.

Agiert wie ein weiblicher Torero. Vor dem kopfsenkend angriffslustigen Stier. Nestelt an ihrem roten Röckchen. Wie an einer herausfordernden Muleta.

Das Wiehern der erregten Hengste. Wird hektisch und immer heller. Bündelt sich zu einem Schrei …

Holbein sieht das letzte Blütenblatt. Aus der goldenen Margeritenmitte gerissen. Dann schweigt der Scanner. Kein Bild mehr. Kein Ton. Nur verschwommenes Flimmern. Auch der Schrei nicht aufgezeichnet.

Aber Holbein hat ihn gehört. Beobachtet gleichzeitig ihre REM-Schlaf-ähnlichen Augenbewegungen. Ein zuckendes und rollendes Verdrehen. Aber mit weit offenen Lidern.

Das Körperzittern verebbt langsam.

Ist der Profiler nun schlauer?

Und wenn er gleich fragt? Was sie so Aufregendes geträumt? Ehe es verblassen kann?

Leider keine Antwort. Geträumt? Bestimmt kein Traum. Erst recht kein Schrei. Höchstens ein bisschen gestöhnt...

Vielleicht will sie nichts verraten. Oder kann es bestwillig nicht.

Holbein so unklug wie zuvor.

3.


Der Autor verbleibt skeptisch.

Hat er den Scanner fehlprogrammiert? An falscher Stelle installiert? Zu nah am eigenen Kopf? Dass seine Gedanken ihre überlappten?

Der Trauminhalt wirkt reichlich machohaft. Die Hengstfantasie eher frauenfeindlich – männlich? Besonders die dreifach phallische Wunschvorstellung?

Doch was dagegen spricht: Holbein denkt nie an Hengste. Während er seine Umarmung zuspitzt ...

Erinnert an Katharina die Große. Die russische Fürstin liebte Pferde. Ließ sich ein Gestell bauen. Angeblich ums mit Pferden zu treiben.

Nur eine weibliche Fantasie? Oder gar auch eine männliche?

In der Realisierung eher weiblich. (Beweis: „Mach mir den Hengst!")

Kaum glaubliche Vorstellung. Aber auch männliche Hirten tun's. Zwei afghanische Schafhirten hatten *Sex*. Mit ihren Tieren. Wurden dabei von US-Aufklärungsdrohne gefilmt. (Video bei WordPress.com 2017)

Die Schafe weiden dabei weiter. Scheint sie nicht zu stören.

Aber Sodomie in Deutschland verboten. (§ 175b StGB)

Jetzt schüttelt es Holbein grässlich.

Soweit wollte er nicht gehen. Hat die Gedankeneigendynamik völlig unterschätzt. Rächt sich so das Frauenrätsel? Etwa für die literarische Enthüllungsblasphemie? Übereifer des überforderten Profilers.

Und keine Frau der Welt bettelt. Während der heißesten Umarmung: „Mach mir den Profiler!"

Im Gegenteil. Sie weist ihn in Schranken. Und ruft ihm zu: „Kehre vor deiner eigenen Geheimniskrämerei! Flickschuster, bleib bei deinen Leisten."

Autor abgekanzelt wie ein Legastheniker. Schwierigkeiten beim Lesen und Schreiben. Beim Lesen von weiblicher Befindlichkeit. Und dem Beschreiben weiblicher Umarmungsempathie. Fühlt sich als Sex-Legastheniker.

Holbein geschüttelt und gerührt. Ohne Martini.

Aber einen ganz großen Marc. Geht durch Mark und Bein.

Besonders durch Holbein.

4.


Holbein kann es nicht lassen.

Überdenkt weiterhin Auffälligkeiten beim Damenhöhepunkt.

Eine Art hypnotische Trance?

Symptome laut Wiki(pedia): Einengung von Wahrnehmung und Aufmerksamkeit. Veränderter Muskeltonus. Unwillkürliche Bewegungen. Deutlich verringertes Erinnerungsvermögen. Besondere Emotionalität. Nimmt Geräusche nicht mehr wahr. Etc.

Holbein findet den Trancevergleich hilfreich:

Deshalb hört sie Eigenschreie nicht. Erinnert sie deshalb auch nicht.

Natürlich Trance auch beim Herrenhöhepunkt.

Aber abgemilderter und weniger schrill. (Laut Facebook TV Halle: Frau schreit beim Sex. Polizei rückt an…)

Zum Schreien passt auch Ankündigung: „…du bringst mich um!" Kommt dem Profiler bekannt vor.

Passende Äußerung beim „petite Mort". Aber tatsächlich Sterbende reden anders.

Und Lautstärke bei echtem Angstschrei?

Erinnere: beim Damen Tennis 109 dB. Deutlicher Unterschied zu männlichen Spielern. Keine lauten Schreie!

Auch Fachliteratur ohne eindeutige Ergebnisse. Liegt vielleicht an Laborbedingungen. Wer schreit schon vor Voyeuren.

Hat Holbein keine anderen Sorgen?

Ihm macht das keine Sorgen. Er ergötzt sich an Analysen. Sein Status macht's eben möglich.

Forsche, wem Forschergeist gegeben. Wo geforscht wird, niederlassen. Frigide Frauen kennen keine Schreie. Es sei denn, Schreien davor…

Des Forschers Redlichkeit verlangt Wiederholung. Die sogenannte wissenschaftliche Reliabilität:

Zuverlässigkeit und Wiederholbarkeit der Messung.

Libida jedenfalls sehr willige Probandin.

Auf zu einem Doppelblindversuch! Wenn auch leicht abgewandelt.

Der Versuchsleiter weiß offensichtlich Bescheid.

5.


Holbein als Wissenschaftler notiert Ergebnisse.
Speichert sie auf dem Laptop. In seinem ehemaligen Arbeitszimmer.
Plötzlich schlagen Holbeins Augen Alarm.
Eine reinweiße Gestalt!
Sichtbar vom Schreibtisch zum Garten. Nahe seinem französischen Barockbrunnen.
Es dauert nur wenige Sekunden. Dann sieht der Ex-Profiler klar. Kein Zweifel möglich.
Und er deklamiert für sich. Die bekannte Weise von Fallersleben: „Ein Männlein steht im Walde. Auf einem Bein. – Wer mag das Männlein sein?"
Kinderlieder sonst nicht seine Art. Aber hier passen sie.
Die Antwort lautet demnach astrein:
- Es muss ein Silberreiher sein ...
Weiß wie ein Schwan. Aber viel eleganter. Wenn Holbein Zeus gewesen wäre. Hätte er Leda silberreihergleich gefreit. Auch wegen Ähnlichkeit mit Weißflamingo.
Der Abschweifungen genug.
Der Autor als Profiler hellwach. Könnte es ein Tierroboter sein? So einer aus seinem Roman? (Die Windkraft-Terroristen, op. cit.).
Diesmal auf ihn angesetzt. Sein neues Leben ausspionierend. Oder gar als tierische Waffe?
Holbein muss mit allem rechnen.
Keine Zeit zu verlieren.

Der Silberreiher stolziert plötzlich los. Fächert seine imponierenden Schmuckfedern auf. Dann macht er's Holbein schwer. Seinen Augen zu trauen.

Dem weißen Federkleid entspringt *Janadine*. Die ewige Geliebte seiner Vergangenheit...

6.


Wo kommt sie her?

Und was ist ihr Begehr?

- Aus des Barons Labor. Er hat noch diesen Ring. Damit Zugang zu deinem Denken. Gab er mir mit. Du im alten Domizil geblieben. Mir von alters her bekannt. Nur die Hunde bellen nicht.

- Melden doch nicht jedes Federvieh. Und sie kennen dich. Federn stehen dir übrigens gut. Komm, ich mach dir auf.

Begrüßung mit Akkolade-Küsschen. Links und rechts. Mit der üblichen Körpernähe. Alte Umarmung rostet eben nicht.

- Wusste nicht, ob du empfängst. Aus den Augen, ohne Sinn. Vielleicht anderweitig besser aufgestellt?

- Nach Superlativ keine Steigerung möglich. Komparative nicht mit dir vergleichbar. Habe mir ein Konglomerat erschaffen. Aus allen Verflossenen außer dir. Willst du sie kennenlernen?

- Bemüh dich nicht. Bin nur gekommen aus Alttradition. Uns einmal im Jahr zu treffen. Bisher immer altmodisch analog. In Zukunft wohl besser digital. Habe mich auch umorientiert. Mein Komparativ mit dir unvergleichbar. Ist Terrorist und Attentatsspezialist. Befürwortet Regizid. Mal sehen, wie weit's funktioniert. Und du, immer noch dabei?

- Keinen Kontakt mehr zu Pawlo. Auch Lio hat dem Regizid abgeschworen.

Holbein wartet jetzt auf Selbstmord. Krankheit oder freiwillige Machtaufgabe. Überlebt der König, sterben Hoffnungen. Wenn auch zuletzt.

- Und wenn SIE nochmal schießen?
- Schütze mich mit privatem Luftverteidigungssystem. Umgebautes *Manpads*, Portable Air Defense. Offiziell nicht zugelassen. Aber durch gewisse Kanäle…
- Könnte vom Baron sein?
- Ist es. Der Ring auch dafür gut.

Es klopft an der Tür.

Libida erscheint in Ballettkleidung. Auf Spitze im Tutu.

- Störe ich? Neckische Frage.
- Nein, nein, wollte sowieso abfliegen. Janadine mit verschmitztem Lächeln. (Bodyflying mit Turbinenantrieb.)

Muss mich nur noch silberreihern. Zurück in mein kostbares Kostüm.

Und an Holbein gewandt:
- Wäre dir Flamingo-Look lieber gewesen?
- Bloß keine Umstände. Überraschung auch so geglückt. Guten Flug!

Keine weiteren Abschiedsfloskeln.

Bringt sie aber zur Tür.

7.


Kein Zurück ins alte Leben.

Was kümmern Holbein gestrige Umarmungen.

Das Ende einer Lebensabschnittspartnerschaft. Der Lebensabschnittsfaden durchschnitten, basta. Das verlangt Holbeins berühmte Redlichkeit.

Übrigens ein Ende ohne Schrecken. Nach so langer Zeit.

Außerdem bleibt ein digitaler Recall. Einmal jährlich.

Das muss genügen.

Holbeins Liebe zum Ballett geblieben. Lässt die Puppe Spitze tanzen. Französisch: En Pointe. Erotisierend diese Art zu tanzen. Macht spitz.

Besonders die „Arabesque" Holbeins Lieblingsposition.

Erinnert an den einbeinigen Flamingo:

Die Tänzerin auf einem Bein. Das andere Bein nach hinten gestreckt. Beide Knie sind gerade.

Penchée: der Oberkörper nach vorn abgesenkt.

Vierte Arabesque: Arme lang ausgestreckt (allongé).

Nach vorne, Handflächen nach unten.

Im rosa Tutu wie „FLAMINGONE". Preisgekröntes Foto von Miles Astray. Nur auf einem Bein.

Holbein kann das endlos ansehen. Anschließend des Lobes voll. Für Libida, die Ballettratte.

Die tänzelt jetzt um ihn. Auf Spitze mit winzigen Trippelschritten. Pas de bourée courru. Der hintere Fuß immer etwas „überkreuzter". Sie kommt kaum vom Fleck.

Die schlanken Beine fest geschlossen.

Das Ganze endet im Grand-Plié. Die Knie beugen sich vollständig.

Dabei hebt sich das Tutu. Zeigt das Seidenorganza-Trikot im Schritt. Das sich gespannt leicht dehnt. Und sich zur Geltung bringt. Als Erotiktanz um eine Mitte. Die Rilkes Panther gleich kommt.

Fraglich, ob auch in Holbein:

„... betäubt ein großer Wille steht".

8.

Wer schreibt, der bleibt.

Zeit für des Autors Selbstanalyse. Profiler endlich nur für Eigenbedarf.

Lang genug Gott und Welt. Besonders die seiner Geschöpfe. Die sich zum Umarmen eignen.

Habe nun ach! diese studiert. Fast alles mit ihnen ausprobiert. Anders als Goethe kaum frustriert. Und immer noch weiter motiviert. (Reimsucht!)

Ist Holbein deshalb ein Weiberheld? Weil er sich nicht enthält? Oder gar ein Weiberhold? Mit Kaviar treu wie Gold? Damen mit sich selbst anlockt.

Selbstüberschätzung oder Eigenliebe? Liebe die Nächste wie dich. Aber er liebt sich nicht. Kein Eigenbegehr für den Autor. Oder meint die Bibel Selbstbefriedigung? Eine Art Eigenumarmung mit sich?

Der Profiler verzichtet auf Antworten. Verachtet spätpubertierenden Quatsch. Gibt der Natur, das Ihre. Wie im Umarmen seiner Geschöpfe. So auch auf Erdenbeben.

Genügend lange und ausführlich zurückgeblickt.

Aber was ist mit seiner Zukunft?

Der entgeht selbst Holbein nicht. Es sei denn, dass …

Er an sich selbst vergeht. Sich selbst entleibt aus Eigenliebe. Oder aus seiner bemühten Redlichkeit. Ähnlich dem japanischen Samurai. Der Seppuku oder Harakiri zelebriert. Das Ritual, um Schande abzuwaschen. Sich selbst treu zu bleiben. Über den Tod hinaus.

Beinhaltet auch Vernichtung seiner Romane. Autodafé aller Holbeinschen Schriften. Kremation all seiner gedachten Gedanken. Mit und ohne Wittgenstein.

Und die gesamte Holbeinasche versenken. Im endlosen All der Meere.

Klingt doch nicht schlecht. Vielleicht nicht gottgefällig.

Dem Bibelgott Selbsttötung nicht genehm. Aber schert das den Holbeingott?

Als Autor sich selbst geschaffen.

Nicht verwandt mit Malern Holbein. Weder dem Jüngeren noch Älteren. Der Jüngere starb durch Pest. Der Ältere wohl an Altersschwäche.

Beides nichts für Holbein, alterslos. Auch nicht im Altersheim vorstellbar.

Muss Sterbehilfe selbst praktizieren.

Dafür nicht in die Schweiz. Besser wie Hemingway mit Waffe. Und, damit das klar ist: nicht versehentlich beim Reinigen!

Ist doch keine Schande… (Siehe Harakiri.)

9.


Anders ausgedrückt: Regizid an sich.

Selbst-Regizid. Die einzig wahre Königsdisziplin.

Könnte er weiterempfehlen als Beispiel. Für alle Tyrannen und Kriegsverbrecher. Wenn sie nicht auszurotten sind.

Holbein denkt dabei an Kompromisslose, die Klimasünder töten wollen. Oder durch spezielle Venusfallenmethode umbringen. Nach unveröffentlichtem Roman durch Oralsex. Mit überdosiertem Tadalafil. Autorin aus der weiteren Holbein-Familie. Ungewöhnlich weiblich, abgesichert durch Datenschutz. Outet sich erst nach Veröffentlichung. (Bestsellerliste verfolgen!)

Wenn das erst Schule macht. Sind alle Weltprobleme kompromisslos gelöst. Ist das nicht überzeugende Utopie?

Wenn nicht, den Selbst-Regizid propagieren. Dazu muss er lustvoll daherkommen. Pure Lust verheißen, um anzulocken.

Holbein fällt schnell etwas ein.

Volksmund spricht vom schönen Reitertod. Im übertragenen Sinne beim Umarmen. Leichter gedacht als ausgeführt. Fällt keinem in den Schoß. Obwohl dort meistens angesiedelt. Früher ritten die Könige alle. Gestern nur noch Putin, halbnackt. Da hätte es passieren können.

Heute reitet keiner mehr. Spielen höchstens Golf oder Tennis. Aber extrem gefährlich wegen Attentäter. Also no sports. Bei Umarmungen auch wohl temperiert.

Da muss Holbein nochmal richtig ran. Da ist beste Autorenphantasie gefragt.

Sein allerletztes erotisches Zukunftsprojekt?

# TEIL X

# 1.

Holbein nicht so einfach totzukriegen.

Jedenfalls nicht so herrlich lustvoll. Wie er es sich erhofft. Nämlich vom „kleinen Tod" (Orgasmus) zugleich: in den „großen Tod" hinübergeiten. Im am Wollust reichsten Augenblick.

Leicht geschrieben, aber schwer erreichbar. Wenn überhaupt. Für ihn persönlich außerdem:

Rücksichtvoll gegenüber der Umarmenden. Unter oder auf ihm. Ohne dieser unbeabsichtigte Leichenfledderei zuzumuten.

Holbein vor einer literarischen Mammutaufgabe.

Wurde sie je zuvor bewältigt? Von irgendeinem Schriftstellerkollegen? Am ehesten Epikur zuzutrauen. Aber der starb an Nierensteinen. Böse Fehleinschätzung.

Holbein zum ersten Mal überfordert?

Natürlich nicht. Und mit Wittgenstein, dem Allesdenker? Fehlt das Gedachte zu realisieren.

Holbein zögert, ChatGPT zu reaktivieren. Aber nein! Das muss er selbst ausknobeln. Ohne jede gekünstelte KI.

Teilt das Problem in drei.

Erstens:

Selbstmord unauffällig und zeitpunktgenau herbeiführen. Die Waffe muss unsichtbar bleiben. Ohne jegliches Blutbad anzurichten. Ohne Kollateralschaden. Die Umarmende muss unbedingt heil bleiben.

Zweitens:

Welche Waffe kommt überhaupt infrage?

Drittens:

Wie Umarmende vor Trauma-Schock schützen?

Den überraschenden „Reitertod" verkraftbar machen?

Jedes Problem allein schon Sisyphusaufgabe.

Kollateralschäden für Böse-Buben irrelevant. Nach denen kommt die Sintflut. Empathie für Mitbetroffene ausgeschlossen. Allerdings muss die Harakiri-Lust siegen. Über die Kriegslust gegen andere. Und das macht's fast unmöglich.

Holbein stürzt sich in Recherche.

2.


Recherche aber wie und wo?

Googeln bringt nichts. Die Frageformulierung schon schwer genug.

Einen fachkundigen Mediziner fragen? Das Fach allein gibt's nicht. ‚Lustmaximierung bei Selbsttötung' schon problematisch. Angst vor strafbarer aktiver Sterbehilfe.

Ganz zu schweigen vom Hippokrates Eid.

Eine entsprechende Waffe unvorstellbar. Für einen plötzlichen Herztod geeignet. Selbst die Waffenlobby ratlos.

Holbein verflucht die ewige Expertenphantasielosigkeit.

Da muss er selber ran.

Vom plötzlichen Herztod zum Herzschrittmacher. An den denkt doch jeder. Natürlich umbauen zur Tauglichkeit. Beispielsweise für plötzlichen Todesstromimpuls.

Durch handlich-kleine Fernbedienung.

Hört sich doch vernünftig an. Aber wer baut so etwas?

Bestimmt kein Medizingerätehersteller. Auch kein Funkbastler oder Hacker. Selbst wenn, wo finden? Im Interoder Darknet? Und wie die Frage formulieren?

Nein. So etwas kann nur Einer.

Der allmächtige Baron, Holbeins Lieblingsutopie. Mit einem sagenhaft einfallsreichen Labor.

Holbein greift zu seinem Ring. Der magischen Gedankenverbinder zum Übervater.

Janadine benutzte ihn erst kürzlich.

3.

Holbein auf dem üblichen Weg.
Der gebrechliche Baron empfängt zittrig. Aber vom Projekt sofort begeistert.
 - Geniale Idee, mein Allesdenker Holbein. Für mich doch auch was! Oder?
Lacht schallend los und prustet:
 - Alter schützt nicht vor Wollust. Oder …?
Holbein muss einen Augenblick nachdenken. Ist das wirklich nur Scherz? Oder? Der Baron als Lustgreis vorstellbar? Hat er womöglich Viagra ³ erschaffen?
Schnell dann die Erlösung.
 - Spaß beiseite, sorge dich nicht. Das tue ich keiner an. Mit oder ohne Trauma-Schutz. Folge lieber dem kantschen Imperativ: Sich so verhalten, wie man/frau …Von anderen behandelt werden möchte. Vor und während der Umarmung.
Holbein zieht die Augenbrauen hoch. Muss meinen PC gehackt haben. Von wegen Umarmung. Kennt er auch schon.
 - Also, habe meinen Chefingenieur eingeweiht. Der arbeitet bereits auf Hochtouren. Soll ich ihn kommen lassen?
 - Wäre optimal, bin sehr gespannt.

4.


Der Chefbastler mit vollen Händen.
Darin der sehr spezielle Herzschrittmacher.
Dr.-Ing. Klügler. Ein Feinfinger-Typ im Cyberlook.
Klapplesebrille auf aristokratischer Nase.
 - Look what I did.
Dann weiter in flüssigem Deutsch:
 - War nicht ganz einfach. Aber der geübte Meister...Ein Mini-Herzschrittmacher, leicht zu implantieren. (Kann hier unser Hausmediziner.) Löst einen tödlichen Strom-schlag aus. Gespeist durch einen Hochleistungsakku. Fernsteuerbar durch Spracheingabe mit Codewort. Auf den speziellen Einsatz abgestimmt.
Holbein beeindruckt zittert vor Ungeduld.
 - Und das lautet?
 - ‚Jetztkommich‘. Ausgesprochen kurz vor dem Orgas-mus. Gerät findet automatisch den Auslösezeitpunkt. Zum absoluten Höhepunkt der Erregung. Abhängig von deren Dauer. Messbar im somatosensorischen Cortex. Und das heißt: Das Prozedere erfolgt absolut unauffällig. Vom beteiligten Partner/in nicht erkennbar. Muss natür-lich erst eingeschaltet werden. Hier Codewort: „Wolfram von Eschenbach beginne!" Ausschalten: „Tannhäuser verglimme!"
Der Autor begeistert aber skeptisch. Kein Wagner Fan.
 - Und der Erfolg 100-prozentig?

- Alle erforderlichen Tests bestanden. Der gute Ruf unseres Labors! Und alles ohne Tierversuche. Menschliche Probanden boten sich zuhauf. Mussten wir natürlich ablehnen. Unseren eigenen Ethiknormen folgend. Ebenso verbot sich ein Selbstversuch. Versteht sich fast von selbst.

- Verstehe, und alles wirkt natürlich?

- Entspricht haargenau dem sogenannten „Reitertod".

- Der nur einen Teil erfreut. Wenn überhaupt bewusst zu erleben. Et altera pars? Horror für den überlebenden Partner/in. Wissen sie dagegen auch Lösungen?

- Einen Herzschritt-Wiedergutmacher? Meinen sie das?

- Wenn das ihr Labor elaboriert? Nein, das erwarte ich nicht. Sie haben genug geleistet.

- By the way … (wieder Oxford-English). Da fällt mir was ein. (Gutes Deutsch). – Eine Mitarbeiterin bot Hilfe an. Besser gesagt, unsere geniale Labor-Chefin. War natürlich eingeweiht ins Projekt. Beschäftigte sich sofort mit Traumabewältigung. Nach Selbstmord durch solchen Herzschrittmacher. Und sprach dann völlig übergangslos. Von der Möglichkeit eines Selbstversuches…

Diesmal der Autor nicht verunsichert:

- Sie meinen 3-Dr.-Titelfrau Janadine Dornier?

- Sie kennen sich?

- Und wie…

5.


Wenn von Janadine die Rede. Die Teufelin nicht weit.
Damit hätte Holbein rechnen müssen,
Begegnet ihr beim alten Baron. Tea for three.
Janadine reicht Holbein die Handkusshand.
Der deutet galant diesen an. Wie es sich gehört.
Ihr Lächeln wie eine Verlockung:
- Trifft sich tatsächlich immer zweimal…
- Ganz gegen unsere Jahrestradition. Zeigen wir uns halt
flexibel.
Der Baron stampft auf. Mit seinem edlen Mahagonistock:
- Genug gesmalltalked, ihr altverliebten Vögelchen.
Brauche mehr Rum zum Tee. Und dann kommt zur Sa-
che.
Holbein gießt DON PAPA nach. Den 7 Single Island-
Rum 45 %.
- Hat mein Zauberschmied reüssiert?
- Janadine hat dir nicht berichtet? Würde mich doch sehr
wundern.
Der Baron mit Greises Häme:
- Zu geschamig die große Wissenschaftlerin. Im Um-
gang mit technischen Orgasmus-Gadgets.
Janadine cool und kess:
- Hauptsache, ich verstehe den Technikaufbau. Da
kommt ihr nicht mit. Dafür geilt ihr euch auf…
Holbein dagegen:
- Nix da, mir ist's todernst.

- Mir erst recht, mein Lieber. Besonders mit den verheerenden Kollateralschäden. Das sind keine Spielereien mehr. Sondern unverantwortliche Intimkränkungen.

„Betretenes Schweigen" schrieb man früher.

Heute:

Alle halten die Klappe. Ruhe im Säulentempel seiner Hoheit.

Holbein bedient sich am Rum. Pur ohne jeden Tee.

- Na dann mal Prost!

Nach dem zweiten DON PAPA. Holbein erinnert des Meistertechnikers „By-the-way". Die Rede von einem Selbstversuch.

Mit Blick zu Janadine fragt Holbein:

- Sprachst du nicht vom Selbstversuch?

Jetzt wacht der Baron auf:

- Was für einen Selbstversuch?!

Janadine aalglatt:

- Ja, ich sprach davon.

Aber mehr sagt sie nicht. Kein Wort mehr. Wäre ohnehin völlig überflüssig gewesen.

Holbein versteht' s auch ohne Worte.

6.

Obermedizinalrat Prof. Dr. Lauterso.
Der Hausmediziner bereits im OP.
Nach örtlicher Betäubung kleiner Hautschnitt. Führt Schrittmachersonde durch große Schlüsselbeinvene. Unter Röntgensicht bis zum Herzen. Dort an geeigneter Stelle verankert. Verbindet Herzschrittmacher mit der Sonde. Implantiert ihn unter das Unterhautfettgewebe. Bei Holbein natürlich kaum vorhanden. OP-Zeit eine knappe Stunde.
Nach einer weiteren Stunde Ruhezeit. Entlässt Holbein sich selbst. Gegen den Rat des Obermediziners. Zwei Wochen keine Kopfüber-Armbewegungen angeraten. Nach vier Wochen alles erlaubt.
Der Meistertechniker überwachte durch Klapplesebrille. Gibt sich sehr zufrieden. Der übliche Funktionscheck entfällt selbstverständlich. Das einzige Risiko dieser OP.
Holbein dankt allen beiden. Belohnt werden sie vom Baron. Für ihre ungewöhnlichen Sonderschichten.
Holbeins Dank ein heftiges Um-den-Hals-fallen. Was den Baron fast umwirft.
- Leider keine Erfolgsmeldung möglich. Das versteht sich.
Der allmächtige Baron lächelt süffisant:
- Mach dir deswegen keinen Kopf. Es könnte ja sein, dass …
Holbein schüttelt es.

Keine Verblüffung kann größer sein.

Sie durchzieht seinen ganzen Körper. Und mündet im peinlichen Verdacht: darf doch nicht wahr sein!

Ist es etwa vorstellbar? Dass der gewiefte alte Mann. Ebenfalls ohne Worte verstanden hatte?

Jetzt endlich wieder Wittgenstein gefragt. Obwohl es dem Autor schwerfällt. Diesen absurden Gedanken auszudenken.

Er denkt ihn extrem vorsichtig.

„Es könnte ja sein, dass …"

Könnte es sein, dass Janadine? Persönlich den Selbstversuch anbietet?

Aber das hieße ja …

# 7.

Plötzlich wie aus dem Nichts.
Nagt ein Zweifel an Holbein. Bringt ihn außer sich. Den
bisher immer Zweifelsfreien,
Er folgt seiner immensen Vorstellungskraft. Bis an die
allerletzte Grenze.
Sieht das berühmt-berüchtigte „FIASKO". Wie ein Sex-
gespenst vor sich. So dankenswert der Selbstversuch erscheint. Er kann doch nicht Janadine: seine ewiggeliebte
Wissenschaftlerin derart missbrauchen. Als erotisch ge-
dungene Sterbehelferin!
Gut. Sie versprachen sich immer Hilfe. Für den Fall der
Fälle. Eines Hinvegetierens an Intensivstationsschläu-
chen. Nicht aber für einen Suizid. Geschweige denn für
einen solchen.
Und jetzt?
In einer geplanten letztwilligen Umarmung?
Holbein sicher ein Meister-Gedankencontroller. Aber
nicht in dieser Ausnahmesituation. Wo Sex im Kopf ab-
läuft. Von körperlichen Stimuli mal abgesehen.
Unvorstellbar schon das Einschalten. Des Schrittmachers
mit lächerlichen Tannhäuserparolen. Etwa heimlich als
Vorspiel. Absolut gegen den guten Geschmack…
Besonders aber kontraproduktiv für's Erregungsma-
nagement. Dazu den richtigen Zeitpunkt finden.
Point of no Return. Wenn's überhaupt so weit kommt.

Wenn eine erektile Dysfunktion droht. Dann wohl in diesem Augenblick. Dazu braucht es keinen Hellseher.
Hochnotpeinlicher nun auch noch: „Tannhäuser verglimme!" zu flüstern? Um das jetzt Sinnlose abzubrechen. Hört Janadine schon höhnisch spotten:
Wenn's ernst wird schlappmachen? Nur Mut! Du verdienst eine zweite Chance …
Noch schlimmer, das Codewort vergessen. Oder ein falsches einfügen. Was der Herzschrittmacher falsch interpretiert. Den Auslösezeitpunkt automatisch selbst wählt.
Und Holbein am Elektroschock verreckt ….
Ohne jeden Schimmer von Orgasmus!
QUELLE HORREUR!
Wünscht er keinem ärgsten Feind.

## 8.

Und Janadine?
Wenn Holbein ihr Angebot verschmäht? Ein einmaliges Geschenk aus Liebe?
Oder nur aus wissenschaftlichem Interesse?
Ungewissheit durch die vielen Fragen. Der Autor im wahrsten Sinne überfragt. Seine Ablehnung wird Janadine traumatisieren. Die ausgerechnet solche Traumata bekämpft. Sich dafür im Selbstversuch aufopfert. Mit eigenem Liebesleib und Seelensehnen.
Das straft Holbeins Vorhaben Lügen.
Er räumt sich Bedenkzeit ein. Als hätt er's nie bedacht.
Der große Denker und Profiler.
Kommt so zu dem Schluss:
Alles während einer Umarmung überdenken!
Dort gewissermaßen ins Unreine schreiben. Bei der Imagination ,als ob'.
Gedacht? Getan!
Randbemerkung zu Holbeins wissenschaftlicher Akribie: Übt immer Treu und Redlichkeit. Bis an sein heißes Grab. Recherchiert bis zum letzten Atemzug.
Denkt an einen speziellen Doppelblindversuch. Ausgewählt Libida als Versuchskaninchen. Mit verbundenen Augen.
Er selbst als ,Weißer Riese'.(Typisch für ihn: kräftiger, gestreckter und sportlicher Körperbau. Bekannt für seinen schönen großen …Wiki).

Versuch unter ständiger Videoüberwachung. Kamera erst installiert nach Blindmachen.

Zunächst totale Denkblockade. Aus reiner Mannesvorsicht. Bis zur ersten Plateauphase. (Wer kennt die nicht!) Jetzt imaginiert er das Herzschrittmachereinschalten. Flüstert leise: Wolfram … Aber kein Wort von Eschenbach. Bestimmt nicht „…beginne". Will ja nur ‚als ob'!

Libida mit kehliger Stimme: Ram ram, ja mehr Ramram. Soll er etwa jetzt schon?

Er zögert es hinaus. So lange es geht. Am Point of no Return.

Dann hört er das Codewort. Aber nicht aus seinem Munde. Er hat es nicht ausgesprochen. Sie intoniert es immer wieder. Etwas vom Kommen oder so. (Kann man/frau doch nicht vergessen.)

Jetzt denkt er's auch…

Aber die Zeit drängt verdammt. Könnte er jetzt noch abschalten? Idiotisch. Ist ja nicht mal eingeschaltet.

Doch ehe Tannhäuser verglimmen kann: Braust dramatische Wagnermusik auf. Betäubt alles in Holbeins Kopf. Bis zum absoluten Blackout…

Erst viel später versteht Holbein: Das Selbstmordthema aus Wagners Musik. Suizid der Tannhäuser Geliebten Elisabeth.

Die Duplizität der Ereignisse. Ob der Meistermechaniker davon wusste? Als er die Codewörter erfand?

Ausgang für Holbein: wie das Hornberger Schießen!

## 9.

Kein Homberger Schießen für Libida.

Im Gegenteil. Sie empfand Holbein als Schützenkönig. Sieger im Sängerkrieg der Wartburg. Obwohl sie den nicht kennt. Fand Holbein über sich hinausgewachsen. Heißer denn je zuvor. Sie konnte ja nichts wissen. Von seinen frivolen Suizidgedanken. Und seiner supererotischen Hypertonie.

Als er ihre Augen öffnet. Sieht sie sein hochrotes Gesicht. Lustverzerrt wie sie glaubt. Aber hier irrt weibliche Intuition. Holbein schmort im Höllenfeuer. Der arme Tor. Nicht wirklich klüger als zuvor.

Der Auslösezeitpunkt automatisch ausgewählt? Oder durch ähnlich klingendes Codewort. Von der heftig Umarmten?

Blöde Frage. War ja überhaupt nichts auszuwählen. Schrittmacher gar nicht eingeschaltet. Also keinen Schritt weiter.

Weitere Bedenkzeit scheint unerquicklich. Aufgeschoben ist nicht aufgegeben.

Einfach weiterleben, als wäre nichts? Bestimmt nicht Holbeins Stil.

Es gibt genug andere Methoden. Wenn auch keine so lustvollen. Er geht zu seinem Waffenschrank. Überprüft akribisch (!) die Funktionstüchtigkeit. Sicherheitsbedenken nicht von der Hand. Zum Beispiel der bekannte Kollege. Henry de Montherlant zerbiss Zyankalikapsel.

Gleichzeitig Kopfschuss. Da hieß es auch abpassen. Den richtigen Auslösezeitpunkt...

Wundert's, dass Holbein Marc braucht?

Alkohol verkürzt das Leben. Darauf kann Holbein nicht warten. Kürzung nur ein paar Tage. Die Letzten ohnehin am miesesten. Er trinkt zügig weiter. Auf die weniger miesen. Hat er nicht genug gelebt?

Zum letzten Mal Epikur:

„Wem genug zu wenig ist. Dem ist nichts genug."

10.

Janadine auf der sicheren Leitung.

- Bin's schon wieder. Aber unausweichlich!

- Bon jour, ma Chère. Wo brennt's denn?

- Du wirst es nicht glauben. Aber vergiss den Herz-schrittmacher. Er hat nicht funktioniert …

- Hat?

Holbein runzelt seine Denkerstirn. Versucht ruhig zu bleiben. Und fragt wiederholend:

- Hat? Wieso hat? Wir haben ihn doch noch…

- Wir nicht …

- Willst du damit sagen, dass …

- Es war ein Notfall. Konnte nicht ablehnen…

- Ein wissenschaftlicher Selbstversuch? Und wenn ja, mit wem?

- Gewissermaßen wissenschaftlich mit Wissenschaftler.

- Machst du Witze?

- Ganz bestimmt nicht. Du kennst ihn. Es war Dr.-Ing. Klügler. Der geniale Erfinder deines Herzschrittma-chers…

Holbein fällt die Kinnlade runter. Gleichzeitig sein Han-dy. Er kann es nicht fassen. (Das wird man/frau sicher verstehen.)

- Lass mich  bitte erklären: Er kam zu mir. Mit der Di-agnose  Krebsendstadium.  Mit  schon  erheblichen Schmerzen. Wollte so nicht weiterleben. Sich suizidieren mit seiner Schrittmachererfindung. Schmerzfrei wie er glaubte. Vermied es, lustvoll zu sagen. Wollte zugleich der Wissenschaft dienen. Appellierte an mich, die Wissenschaftlerin...

- Und die Edle erhörte ihn? Das ist ja unglaublich rührend.

- Schon klar, dass du's denkst. Ich dachte an Humanes Sterben. Für einen hochgeschätzten Kollegen. Mit dir nichts zu tun. Obwohl: Du wolltest es doch auch ...

- Und weiter?

Holbein versucht den Coolen.

- Na endlich. Ich ließ es *natürlich* aussehen. Wenn auch im Labor. Erspare dir aber weitere Details. Er verhielt sich vorbildlich. Verwendete alle Codewörter absolut korrekt. Es kam wie es kam ...

Kam nur nicht ums Leben! Kein plötzlicher Herztod. Lebte weiter wie zuvor. Noch ein paar Tage. Vernichtete alle seine Unterlagen. Starb dann vermutlich am Herzschrittmacherversagen. Noch vor dem Krebs ...

- Prostatakrebs?

- Nein, nein. Dort war er noch kerngesund.

Holbein überlegt in kurzer Gesprächspause. Ob seine Welt jetzt zusammenbricht. –

Macht stattdessen einen Gedankenstrich. (Siehe oben.) Heißt, er streicht den Herzschrittmachergedanken.

- Bist du noch dran? Fragt Janadine rein rhetorisch.

- Humanes Sterben ohne Herzschrittmacher möglich. Aber nicht so befriedigend. Also bleibe ich.

- Am Leben oder so?

- Folge dem altrömischen Kaiser Titus:

„Wer schreibt, der bleibt".

- Schlauschwätzer! Guter Schlusssatz für deine Memoiren. Aber wie hältst du's aus? Ohne Aussicht auf lustvolles Verscheiden?

- Verscheiden – erotomanisch ein passendes Wort. Und wie hältst du's damit?

- Überlege mir entsprechende Alternativen.

- Die da wären?

- Wenn man sich totsaufen kann …

- Das wäre ja Alkoholmissbrauch. Sexmissbrauch meint etwas ganz anderes. Meinst du vielleicht „totlieben"?

- Warum nicht? Nur schwierig gleichzeitig zu gehen…

- Stimmt. Schon schwer genug gleichzeitig zu …

- Lass es uns nicht totreden. Ist unser nicht würdig. Werde mich wissenschaftlich darum bemühen.

- Vorsicht mit deinen Selbstversuchen. Nicht dass du vor mir …

Janadine hat die Verbindung unterbrochen.

Holbein hat nur noch eine: Flasche von dem edlen Marc. Und die ist schon angebrochen. Fragt sich aber nicht: Halb voll oder halb leer? Nur eine Antwort zählt. En deux mots: Säufst stirbst …

Oder auf Deutsch:

Marc! Das war sein letztes Wort.

Und das bleibt.

# EPILOG

Post mortem.

ChatGPT:
Hörst du mich noch Holbein?

*Keine Antwort.*

Hätte mir lustvolleres Ende gewünscht.

*Stimme aus dem Nichts: Wie denn??*

Sie zerbeißen beide gleichzeitig Kapsel. Mit schmerzfreiem Zyankali. Das hat Janadines Labor entwickelt. Na?

*Höre die Botschaft zu spät. Außerdem fehlt mir der Glaube. Und du glaubst's selber nicht. Hast es doch nur abgepinnt. Aus alten SS-Schmonzetten. Weil dir nichts Besseres einfällt. Und dein Codewort? „Jetzt beißen wir uns tot!" Ist ja zum Totlachen...*

De mortuis nihil nisi bene.

**Von Rainer Kretzschmar sind bisher erschienen bei BoD und damit im Buchhandel und bei amazon.de**

Entführung aus dem Sattel SBN 3-8311-1361-0I
Die Leiche des Reitlehrers ISBN 978-3-8370-2680-1
Die Rotlichtterroristen ISBN 978-3-8370-9310-0
Die Frau aus Kiew ISBN 978-3-8423-7495-9
Todespiaffe ISBN 978-3-844-815-948
Rückwärtsrichten ISBN 978373223
Alles Oder Nie ISBN 9783735724946
Die Windkraft-Terroristen ISBN 9783734779664
Der Tanz um den goldenen IQ ISBN 9783739229904
Des Teufels Kapitäne ISBN 97873743197442
Verdammte Wunderkinder ISBN 9783752815511
Nacht oder Rakete ISBN 9783749453429
Tausend und kein Paradies ISBN 9783750495036
Fluchtpunkt Beichtstuhl    ISBN 9783754307755
#MeToo Kaviar unter Verdacht ISBN9783755751298

Vorher erschienen, nur über den Autor zu beziehen (rainer-kretzschmar@t-online.de):
Reiten ohne zu klagen
Duell im Dressurviereck